遅番にやらせとけ

書店員の逆襲

キタハラ

目次

「百年前ぼくはここにいなかった
百年後ぼくはここにいないだろう
あたり前なところのようでいて
地上はきっと思いがけない場所なんだ」

谷川《たにかわ》俊《しゅん》太郎《たろう》「朝」

（『空に小鳥がいなくなった日』サンリオ刊より引用）

第一話

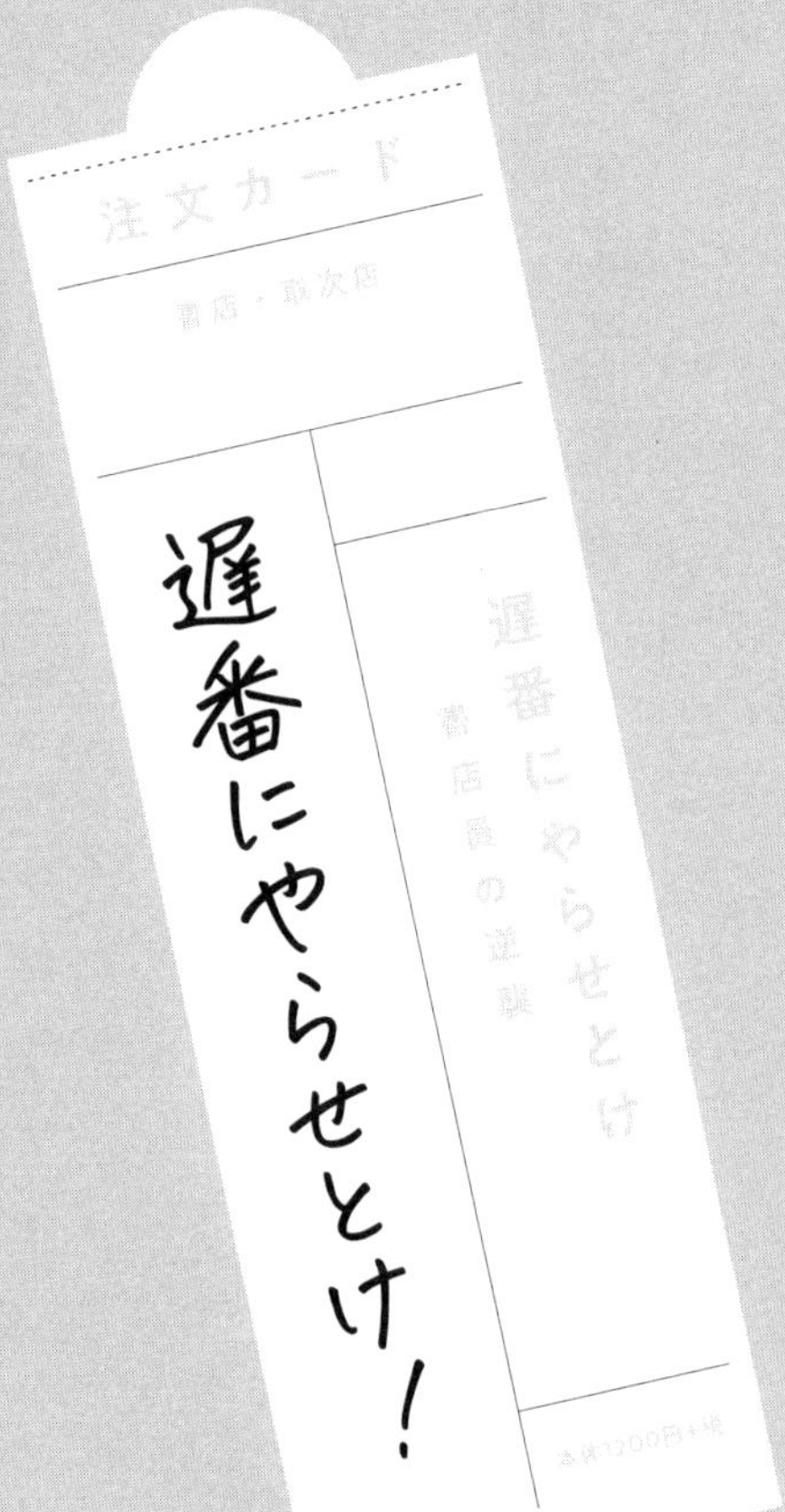
注文カード
書店・取次店
遅番にやらせとけ!
遅番にやらせとけ
書店員の逆襲
本体1200円+税

1

「どうして本屋でバイトしてんの？」

と急に訊《たず》ねられた。

小島伸介《こじましんすけ》はバイトに向かうところだった。大学の授業を終え、同級生と一緒に駅へと歩いていた。

同級生はいま、なにかアルバイトでもしようかと迷っているらしい。

「楽で時給高いやつがいいな」

さも難儀そうに空を仰ぐ同級生を横目に、小島はそんな仕事があるのならぜひ自分もやりたい、と思った。

「で、なんで？」

黙っていたら、再び答えようのないことを問われた。

小島はどう答えるのが正解なのか一瞬考えこみ、

「漫画が安く買えるからかな」

と慎重に答えた。

従業員割引。実際、これはかなりの部分を占めている。店の商品が十パーセント割引なのは大変ありがたい。

「ふーん」

同級生は小島の答えがつまらなかったらしい。

「小島は漫画好きだもんなー」

それから二人の話題は、最近読んだ漫画の鬼畜な展開へと移った。

いま一緒にいる同級生とは、さほど漫画の趣味は合わない。彼はメジャーなやつとか、ツイッターでバズったものを適当に読んでいる。面白いことが保証済みでなくては、手をだす気になれないらしい。

誰かが面白いと保証してくれなければ、見向きもしない。

だいたいみんなそうだ。無料でなくては読もうとしない。

お金は貴重だ。新作ゲームにソシャゲのガチャ、ファッション雑誌に載っている女子ウケのいい格好に、ワイドショーで紹介されだしたら「終わりの始まり」感が漂いだす、話題のおやつ。

平均的な大学生の財布の中身はいつだってすっからかんだった。

本？　活字どころか漫画ですら、小遣いだけでは賄えない。サブスクの使用料は、毎月いつのまにか徴収されてしまっている。

だからアルバイトをしなくてはならない。小島にとって、金と漫画が両方手に入る書店での仕事は、願ったり叶ったりの場所だった。時給は安いが実家暮らしだし、しっかり稼がなくてもいい。

駅前で別れ、一人で歩いているとき、小島は改めて考えた。

自分はなんで本屋でバイトをしているのだろうか？

漫画を割引で買えるのと、あとは……。

小島は昔、一度だけ本屋で万引きしようとしたことがある。

あれは本当に、思いだしたくないことの一つだ。

中学のときだ。

新刊を買うべく本屋に向かう途中の道で、クラスでイキっている運動部のグループとでくわした。

なんでこいつらはいつも自信満々なのだろう。ただスポーツをしているだけで、群れて偉そうにして、騒いで。

文化系の部活に属し、クラスの隅っこでおとなしく日々をやり過ごしている小島からすれば、校外で会いたくない集団だった。

気づかない振りをして通り過ぎようとした。そのぎこちない動作が、彼らからすればちょうどいい揶揄《からか》いのネタとなってしまったのだろう。

「俺らめちゃ疲れてて喉渇いてんだよ、奢《おご》ってよジュース」

へらへらしながら一人が言った。

小島は思った。好きでグラウンドを駆け回っているのだろう、知ったことか。

金なんてないと答えると、嘘《うそ》でしょ財布見せてよ、などと肩を小突《こづ》いてくる。

彼らにとってはちょっとした弄《いじ》りだろうが、されるほうからすれば心臓を締め上げられるような心持ちだった。

同い年の者に、格下扱いされている。最悪な気分だ。

さっさとこの場から逃げだしたい。結局持っていた金は自動販売機に吸いこまれた。

書店へ向かったところで、欲しい漫画の代金には足りなかった。

なにもかもやけっぱちになった。

あいつらに小バカにされた挙句、金を払わされ、自分の欲しい漫画が買えないだなんて、まじでこの世は腐っている。

二階のコミック売り場で平積みになっている新刊を手にした。

欲しい。

ムカつく。

なんなんだよ。

じっと眺めた。

新刊の発売を知ったときから楽しみにしていたというのに、手に入れられないだなんて。

シュリンクされているコミックを、両端からぱかっと押し、未練がましく隙間を覗《のぞ》いた。

なにもわからない。

いまこのビニールを破り、中身を読んだら、少しは気分が晴れるのではないか。

店の爺《じい》さんが三階から降りてきた。この店でたまに店番をしている、老人だった。

爺さんの背中を目で追った。

一瞬周りを見渡した。コミック売り場には誰もいない。レジに「休止中」の案内プレートがあった。

このまま店の外へ持ち去っても、誰にも怪しまれることはないだろう。

小島は手にしたコミックを、ジャンパーのポケットに入れた。

ぎこちない足取りで、階段を降りた。

レジでは爺さんが椅子に座って、折り畳んだ新聞を読んでいた。

そのまま通り過ぎようとしたときだ。

「買わないの?」

小島をちらりと見て、爺さんが言った。

小島は顔が一気に火照《ほて》るのを感じた。

この爺さん、只者《ただもの》ではない。

「あの……」

「買わないなら、置いておいて。買うなら、預かっておくから」

「はい……」

小島はポケットからコミックをだし、爺さんに渡した。

「レジに置いておくから、声かけて」

爺さんは、再び新聞を読みだした。

小島は店からでて、一目散に走った。

それ以来、家から一番近いその本屋に足を向けることはなかった。

大学生となり、「アルバイト募集中」の貼り紙を見るまでは。


地上にあがると、いつものように三軒茶屋《さんげんぢゃや》は騒々しかった。

246《ニーヨンロク》と世田谷《せたがや》通りと茶沢《ちゃざわ》通りが交わるあたりの交差点では、信号が青になるのを待つ人で溢《あふ》れている。

小島の働いている爽快堂書店《そうかいどうしょてん》の前は、高速道路の影となってしまっていて、いつだって薄暗かった。さびれたビルが、余計にみすぼらしく辛気臭げに映る。

夕方五時前の一階は、わりと混雑している。買い物途中の主婦とか、学生とか、仕事をしているのか怪しいおじさんとか。さまざまな人が雑誌コーナーの狭い通路で立ち読みをしていた。

入口横のレジでは、交代を待ちわびたアルバイトが少しくたびれた顔で、接客していた。

階段をあがり、二階のコミックコーナー、そして三階の学参と専門書のフロアまでくると、売場に人はいない。さっきまで歩いていた街の人混みと比べて、ずいぶん寂しい。

各階にレジの名残があった。以前は階ごとにレジがあったが、いまは少ない人数で運営しているので、会計できるのは一階のみとしている。

小島が数年ぶりに店に入ったときには、棚の並びもすっかり変わっていた。

汚れた壁の、そんなに明るくもない蛍光灯で照らされた三階にいると、なんだかここは、時間の流れに取り残されてしまったように思う。

棚に並べられている本は、客がやってきて、手にしてくれるのをじっと待ち続けている。小島が小さかった頃からあるのではないか、とおぼしきものもあった。

事務所に入ると、庄野祐樹《しょうのゆうき》が既にエプロンを身につけ、ファクスの仕分けをしていた。

この人は、仕事中はできるだけ楽をしようとするくせに、仕事前はやたらてきぱきしている。

「おはようございます」

声をかけると、庄野はこちらに振り返り、

「おはよう」

とぶっきらぼうに返事をした。

いつものように庄野の後頭部には寝癖がついていた。

自分より干支《えと》一回り以上は確実に年上なので、指摘することは憚《はばか》られた。いつだってきちんとツーブロックの七三分けにしているというのに、後頭部まで気が回らないのだろうか。

庄野はいつも同じ格好だ。白いシャツと黒のパンツ。そのいでたちを見るたび、小島は昔読んだ四コマ漫画を思いだした。

サラリーマンが上司に、いつもお前は同じ服を着ているなと揶揄われるが、本人はまったく気にしない。家に帰りクロゼットをあけると、大量に同じ服がある。

笑いどころがよくわからなかった。

「でたらしいね」

庄野は黒縁メガネを外し、眉間を指で押さえた。

「ゴキブリですか」

このビルは古く、外壁はあちこち剥《は》がれ、ひび割れが起きている。大地震がきたら真っ先に崩れてしまうだろう。黒いやつどころか、ネズミだって潜んでいそうだ。

「阿川《あがわ》さんがあとで説明してくれるでしょう」

自分で話を振ってきたくせに、話を広げようとしない。いつものことだった。

「ところで、なにか面白いことあった？」

なにがところで、なのか。いつだって庄野は、バイトをしている者たちがやってくると、面白いことはなかったかと訊ねてくる。

「あー、ないですねえ」

朝起きて、学校へでかけ、この店にやってくる。その繰り返しの生活で、面白いことなんてそう頻繁に起こるわけもなかろう。

「つまらない人生ですねえ」

庄野は言った。

なにもかも面白がっていたら身がもたない。つまらないやつだと、責められているのかとバイトを始めた頃は、訊ねられるたびに不安だったけれど、そんなつもりもないらしい。これは庄野にとって、挨拶レベルのフレーズだ。

同僚の吉行夏男《よしゆきなつお》などは、

「めちゃ面白いことが学校であったんですよ！」

なんて大袈裟《おおげさ》に言って、さも面白そうに学校で起こったことを語ることがある。なにを喋《しゃべ》っていたか、記憶にないくらいにどうでもいいことだ。

「自分から面白いぞと煽《あお》ったら、聞いているほうが身構えてしまい、面白が半減される。そのうえ喋っているやつに途中で笑われた日には、萎える」

きみは面白のハードルが低い、と庄野にダメ出しをされている姿を以前に見た。

「魚を盗んだ野良猫を追っかけるのに、急いでいたから裸足《はだし》だったとか、愉快ではある。だが僕の聞きたいことはそれじゃない。愉快と面白は分けなくちゃいけない。いや、長谷川町子《はせがわまちこ》先生は偉大であるけどな」

庄野がバイトたちの話を聞いて笑ったことなど、一度もない。

この人はバイトの後輩たちを「立派なひな壇芸人」にしようとしているのではないか。皆で話したことがある。

お笑い事務所の養成所で、生徒相手に知ったかぶる売れっ子になりそこなった講師、みたいだ。そんなやつ、生徒は尊敬なぞするものか。

そもそも大学生と同じ時給の、三十をとうに過ぎたベテランアルバイトなど、どう扱えばいいものか。若い立場からすれば困りものだ。

庄野は人には面白い話はないかと訊ねるくせに、自分から面白いことを人に話そうなんていう気は一切ないらしい。いつだって、訊《き》くだけだった。

同僚の島尾海《しまおかい》が気をきかせて、

「庄野さん最近なにかありましたか？」

と庄野に訊ねたときだ。

「ないね」

庄野は切り捨てた。

「なにもない。面白いことっていうのは、他人がしていることで、自分とは関係ない」

そんなふうに言って、皆を黙らせた。

庄野は決してとっつきにくい人というわけでもない。むしろ楽だ。仕事も、きちんと報告さえすればなにも言わない。放任主義だ。「面白」を訊《たず》ねてくる以外に、ウザ絡みをしてくるわけでもない。

バイトたちがなにか問題を起こしても、嫌そうな顔はするけれど、咎《とが》めもせず、淡々と処理してくれる。

だが、一緒に働くとなると……あまりにも謎すぎる。


「最近またでてきたみたいなのよ」

事務所にやってきた社員の阿川が引き継ぎ内容を伝えたときだ。

人気タレントが表紙だと本日告知され、予約が殺到している雑誌の入荷数について。売り切れていた人気コミックが再入荷されたこと。それぞれ購入制限を課す、一人各一冊のみ、などなど。連絡事項に目新しいものはなかった。いつも通りに対応すればよいことばかりだった。

阿川は自分の周りを手で払っていた。事務所にハエが入りこみ、予測できない飛び方をしながら、周囲をうろついている。

小島の横にいる庄野は、心ここにあらずといったところだった。聞いてはいるのだろうがぼーっとしているようにしか見えない。いつだって打刻をした途端、この人はやる気をなくす。

二人がとくに返事をしないので、阿川がジロリとこちらを睨《にら》んだ。

「はあ」

慌てて気の抜けた返事をしてしまい、余計に険悪になるのではないかと、小島は一瞬恐れた。

「やっぱりあれね、ゴキブリみたいなものね」

阿川は庄野の態度に関してなにも指摘しない。きっともう諦めているのだろう。

庄野より後に、阿川は爽快堂書店で働きだした。いまや阿川はこの店の社員で、庄野はバイトのままだ。扱いづらいに決まっている。

ハエが小島にまとわりつきだした。顔をそらしても、近づいてくる。

阿川のほうにカチコミをかけてくれないものか。このなんともいづらい場面を早く終わらせてくれやしないか。

自分だけではない。阿川は皆に恐れられている。なにかへまをやらかすと、「これだから遅番は」などと怒り、庄野に注意するよう言いつける。

「掃除、足りませんでした？」

さっきの生返事の挽回《ばんかい》をすべく小島が訊ねると、

「あなたたち、ちゃんと掃除している？」

　と阿川がすぐに打ち返してきた。

「しているつもりですけど……」

　実際、店が暇になると、庄野がモップやはたきを後輩たちに放り投げてよこした。自分はのんきに勤務時間を過ごすくせに、人には仕事を押しつけてくる。

「つもりじゃなくて、するの」

「はい……」

「棚のメンテナンスをしっかり、スリップが本からはみでているようなら直して。そしてこまめに床にモップをかけてちょうだい。店内をきちんと見回っているってアピールすることが抑止力になるのだから」

　掃除の話だけでないことは明らかだった。

　万引きをされたのだ。

　話によれば、先日とりおこなわれた棚卸しのデータとコミックの数が、だいぶズレていたらしい。

「庄野さん」

　つまらなそうに部屋の隅を見ていた庄野に、阿川が声をかけた。

「なんでしょう」

　庄野のほうは、とくに気にする素振りもない。

「最近遅番、また、弛《たる》んできているんじゃないですか？」

抑えた口調で阿川は言った。

「いや、いつも通りですね、弛んでいるのは」

庄野が答えた。

絶対にそれは、正解の返答ではない。いい大人なんだから、この場をうまく収めてくれよ。小島は肩をすくめた。

あまりに堂々としているので、阿川は呆《あき》れてため息しかつけないらしかった。形勢逆転だろうか。

「それだと困ります。庄野さんはベテランなんですから、しっかり若手を指導してもらわないと」

そう言われ、庄野は片眉を吊《つ》りあげた。庄野は自分のことをまだ若い、と思いこんでいるふしがある。

阿川は遅番の不手際の指摘や文句があるとき、必ず庄野を通す。そして、庄野がアルバイトたちに凄《すご》んだ。

怒られた者が素直に謝れば、「じゃあ、それで」と終わらせる。言い訳をすれば、一応は話を最後まで聞いてはくれるが、聞き終えてから、「僕が迷惑だからしないでもらおう」と切り捨てる。みんなが、ではなく、自分が、と言う。

その繰り返しだった。

「はい」

おじさんのくせに、庄野は子供みたいな返事をした。

「お言葉ですが」

言い返したいのを、ぐっと堪えているのが手に取るようにわかった。

多分こう続くはずだったのだろう。

「年上で勤務歴が長いだけで、他人の指導をするなんて面倒なことをしたくはありません」

小島がバイトをはじめた頃だ。右も左もわからない状況のなか、庄野に真っ先に告げられた。

「僕に期待しないでください。神さまじゃあるまいし、人間ごときがなにもかもわかっているなんてこと、ありません」

そう言って、嫌々レクチャーを始めた。

「遅番は緊張感が足りないわ。前も遅番が客注伝票にお客さまの電話番号を書き間違えて、クレームになったんだから」

阿川が半年以上前のことを蒸し返してきた。この人は他人のしくじりを決して忘れない。

「あれは吉行くんの字がへただからですよ」

庄野は憮然《ぶぜん》として言った。

同じ時間に一緒に働いているからというだけで、チーム扱いされて、連帯責任を取らされるのが心底嫌なのだろう。

そのくせ庄野は細かいレジ誤差をよく起こす。ぼんやりしていて、一円とか五円とか。緊張感が一番ないのは、実は庄野だ。

「丁寧に書くように注意してやってください。お客さまにお渡しするものだし、他のスタッフが読めないだなんてもってのほかよ」

「そうですね。貧乏くじを引いたようなものです」

そう興味なさそうに答えた。

ハエが庄野のほうに寄ってきた。

庄野は突然思い切り手を振りあげ、叩《たた》き落《お》とした。さらには床に叩きつけられたハエを、靴で踏み潰した。

そのさまを、阿川が唖然《あぜん》とした表情をして見ていた。

なんだかすごく、事務所のなかが妙な空気になってしまった。修復不可能なくらいに。

「邪魔だったんで」

庄野はさも当然のように言った。

「……とにかく、よろしくお願いします」

阿川は退勤近くで疲れているらしい。これ以上話してもくたびれるだけと悟ったのだろう。じゃあ、あとはよろしくお願いします、と言って事務所をでていった。

「小島くん」

阿川が階段を降りていく音が聞こえなくなったところで、庄野が向き直った。

「ま、今日もなんとかしましょう。無理せず、無事に」

無事に。

本当にそうだ。この店で働いていて、何事もなく店が終わることなんて、稀《まれ》である。

誰かが必ずなにか問題を起こす、あるいは、巻きこまれる。

2

「じゃあ、あとはよろしくね」

夜八時になると、店長がレジに立っている小島に声をかけ、そそくさと帰っていった。

店長は決して残業をしようとしない。前の店長の息子さんだという。

本屋の仕事はとくに好きではなさそうだ。朝番の阿川や安岡《やすおか》の提案に、すべてイエスと答える。受け身の人だ。

前の店長が亡くなったとき、ちょうど職を失っていたらしい。腰掛け感覚で店長になったのでは、とみんなに噂《うわさ》されていた。

本屋のビルの上階に、前の店長は暮らしていた。つまりここは店長の実家だった。いまは誰も住んでいない。戻ってくるつもりはないらしい。きっと、職場と家庭を分けたいのだろう。

仕事とはいったいなんだろうか。

大学院に進むつもりだから、小島が社会にでるのはまだまだ先だ。

周りの働いている大人たちはみんなしんどそうだ。なんで人は働かなくちゃならないんだろうか。

社会の一員としての義務、とかなんとか言われるけれど、正直そんなのどうでもいい。

なにかやりがいを持っていないと、人間は生きちゃいけないらしい。

小島には、誰もが皆、やりがいを無理くり作って頑張っているように思えた。

「店長帰った？」

レジに同僚の吉行がやってきた。

「帰りました」

「ほかのみんなは？」

「まだ」

返事を聞かず、吉行は階段をあがっていった。

しばらくして、残りの遅番メンバーたちも続々と集まってくる。

遅番メンバーは、自分がシフトに入っていない日でも、店の事務所に入り浸っている。小島も、とくになにも用事がないときは爽快堂にきてしまう。

家にいたってつまらない、かといって遊ぶ金もない。ついこの本屋で、彼らと一緒にだらだら時間を潰してしまう。

だからといって働いているメンバーと仲がいいわけでもない。

彼らは事務所でそれぞれ好き勝手に過ごしている。ゲーム機を持ち寄って、一緒に遊ぶこともあるけれど、だいたいは別々に暇《ひま》潰しをしていた。

誰かが話しかけてくれば、適当に返事をする。そのくらいのゆるい集まりだった。

これに関して、庄野はなにも言わない。邪魔でなければどうでもいいと思っているのか。

「小島くん」

庄野がモップを手にしてやってきた。

三階から一階まで、モップがけをしてきたらしい。

「レジを替わるんで、雑誌の抜き取りを始めてください」

それと、上の連中に、シフトに入ってもいないのに事務所で無駄に寛《くつろ》ぐつもりなら、三十分おきに見回りをするように伝えてください、と言った。

「ただで遊び場を提供するほど、この店は裕福でも寛大でもありません」

事務所にたまっているのを黙認しているのは、タダで手伝わせるのにちょうどいいと思っているのかもしれない。


明日入荷する雑誌の前号を棚から抜き取るリストをプリントするために、小島は三階の事務所へ向かった。遅番メンバーがいつものようにテーブルを囲んで気ままに過ごしていた。

「なんか万引きにやられたんですって？」

そう言うのは遠藤昇太《えんどうしょうた》だ。

大学生だが、学校に行った話を聞いたことがない。最長八年、学生の立場で遊び倒そうと企《たくら》んでいるふしもある。東京が楽しくて仕方がないらしく、「地元にはこんなものなかった」となんでも大袈裟《おおげさ》に喜ぶ。

ファッションセンスが他と比べなくても派手で、まるでフィクションにでてくるちんぴらみたいな格好をいつもしている。今日もペイズリー柄のシャツを着ている。彼なりのおしゃれ、らしい。元ヤンキー疑惑があるが、さすがに訊《き》けない。

「朝のみんな、イラついていましたね」

島尾海がスマホをいじったまま答えた。

自分の推しているアイドルの動向をチェックしているのだろう。「推しに迷惑がかかる」と言って、島尾はいつも清潔感のある格好を心がけている。母親の買ってくる服を考えなしに着ている小島にとって、ファッションのお手本だった。

島尾と遠藤は同じ大学に通っている。同じ授業を取り合い、出席をごまかし合おうと共謀していた。だが二人とも出席しないものだから、その企みは果たされることなく終わった。

島尾はバイトとオタ活のせいで留年が決定していた。爽快堂以外にも複数のバイトをこなしている。ここに立ち寄るのは、近所のカラオケボックスでのアルバイトに向かうまでの繋《つな》ぎだ。

「なに、捕まえてないの？　トロいなあ朝番」

吉行夏男が雑誌をめくりながらつぶやいた。

今日はお気に入りの『ガーディアンズ・オブ・ザ・ギャラクシー』のTシャツを着ている。年がら年中薄着で過ごしていて、よく風邪を引くのはそのせいではないかと思われる。

ゲーム制作の専門学校に通っていて、いつだって「課題の締め切りに追われている」とこぼしている。それなのに爽快堂にやってきては遊んでいる。この時間を使って作業なりなんなりすればいい、と全員が思っているが、そんなアドバイスをしたところで、

「作業は時間を決めてするものだ。要領の悪いことはしない」

などとへらず口を叩くものだから、もう誰もなにも言わない。追い詰められると寸前になって休みます、と店に連絡をよこし、よく阿川に怒られていた。

「いつ盗まれたか不明なんで」

島尾が冷静に言った。

「隙を見て犯行に及んでいるんだろうな」

吉行が探偵気取りで、当たり前なことを言った。

「万引き犯によって我が軍は壊滅寸前ですか」

遠藤が腕を組む。特に気にしていないのが見え見えだ。

「万引きもだけれど、けっこうやばいらしいですよ、ここ」

事務所奥にあるPCから雑誌の抜き取りリストを印刷し、小島は輪に加わった。

「それ安岡さんから聞きました、売り上げがかなり落ちてて経営が厳しいって」

島尾は暇なときには朝番の手伝いもしているので、『歩く情報拡散装置』の異名をとる安岡から店のゴシップ情報を耳にしていた。

逆に吉行は、朝番とは極力関わろうとしないので、店の事情に疎かった。

たしかに最近、わりと店は呑気《のんき》だ。

小島がアルバイトを始めた当時は、夕方から閉店まで、お会計をする客がひっきりなしに現れ、ずっと列が続いた。最近ではレジ以外の業務だって以前よりも楽にこなせるようになった。

「まあたしかに、アレしか売ってないしな」

吉行が興味なさそうに言った。

名前を出すのもいまいましい、最近大ヒットした漫画のことだ。在庫確認の電話がひっきりなしにかかってきて、相手がタイトルを言い終える前に反射的に「ありません」と答えてしまうほどだった。

題名を聞くだけで眩暈《めまい》を起こしそうになる。

「世界にはたくさん本があるっていうのに、みんななんでアレしか読まないんですかねえ」

小島は言った。

人気のものにみんな飛びつく。それだけ面白い、というのはわかる。小島も全巻一気に読んだ。だが世の中にはたくさん漫画があり、面白いものはまだまだ腐るほどある。この世にある漫画は一生かかっても読み切ることはできない。

「庄野さん、レジか」

防犯カメラのモニターを遠藤が覗《のぞ》きこんだ。小島たちもモニター前に集まった。庄野がブックカバーを折っていた。

「なんかさ、監視カメラ越しに見ると、お客なんて全員万引き犯にしか見えなくね？」

吉行が大変失礼なことをほざいた。

「言いすぎ言いすぎ」

小島は一応、たしなめた。

たしかに画面に映っているお客は、どこか挙動不審に映る。

「万引きするやつの考えなんて、さっぱりわかんないなあ。ばれたら捕まるじゃん。人生詰むし。マジでわからんよなあ」

島尾の言葉に小島は息を呑《の》んだ。

捕まる。詰む。

さっきまで他人事《ひとごと》として、頭で処理していた。あのときの自分の行動を、いまでも悔やんでいた。結局しなかったんだから、と自分に言い聞かせてみても、ずっと解消できない。冴《さ》えなかった十代の頃のワーストオブワースト、人生の汚点だ。

「おおっ、いつものＪＫおりますなあ」

遠藤が言い、どれどれとみんなが画面に注目した。

よく見かける制服姿の女の子が、レジに並んでいた。髪を後ろで結んでいて、活発そうだ。少々短めにしているスカートは、ちょっと流行から外れているのではないか、とも思える。

そのくらいのほうが付き合うのにはいいよな、派手って感じじゃなくって。モブキャラ並に凡庸な自分たちの容姿をさし置いて、遅番たちは勝手に寸評していた。彼らのお気に入りだった。

小島もわりとかわいい娘だな、と思っていた。しかしこういうスクールカースト上位にいて学校生活を謳歌《おうか》していそうな溌剌《はつらつ》とした女の子となにを話したらいいのか、いまでもさっぱりわからない。いったいどんなことを考えて生きているのか。

女の子はいつも、自分の順番がくる寸前に、すっと列から外れてしまう。

庄野がレジにいると必ず買い物するのを諦めていた。

アルバイトたちは、「庄野のことが嫌いなのか？」「まさか庄野さんのことが好きなのでは」などと言い合った。

庄野にも訊《たず》ねたことがある。

「そんなお客、見たこともない」

と首を捻《ひね》っていた。

きっと庄野は若い娘のことなど興味がないのだ、と皆で話した。

庄野が好きなのは、堅苦しい小説の登場人物で、昭和生まれのオタクというのはそういう頑《かたく》なところがある、などと誰かが言った。

彼らがレジにいるとき、彼女はやってこなかった。

つまり、彼女がこの店で会計した姿を、誰も見たことがない。

遅番の仕事内容は地味だ。

レジがメイン、返品作業をして、店内の整理整頓をする。夕方以降、お客がどっと増えるので、しばらくレジにへばりついているときもある。そして店のシャッターを閉めて、レジを締めておしまい。

商品を品出しすることもない。阿川が残業して、黙々と片付けてから帰る。

担当を持って、棚をいじるなんてこともなかった。これは勤務時間が少ないから、ということもある。

主に朝番の阿川とベテランアルバイトの安岡が商品展開をしていた。

遅番の境遇に対して、小島はなんとも思わない。

責任を持つのは嫌だったし、担当を持ったところで、時給が上がるわけでもない。責任ばかりを押しつけられることになりやしないか。

そもそも冷静に考えて、この連中に棚を任すなど、正気であったら考えつくまい。

学生たちに資格がないのはいい。

不思議なのは庄野だ。ほぼ毎日出勤しているのだから、担当を持たせてもらえばいいのに、希望しない。したいとも思わないらしい。

庄野は三十をとっくにすぎている。一見若く見えなくもない。

この店で夕方から閉店まで働く以外、なにもしていないらしい。休憩時間にはいつも文庫本を読んでいる。時給は大学生たちと同じ額だ。

朝から晩まで働きづめもごめんだが、さすがにこうはなりたくない、と小島は思う。

なにかあると庄野に泣きつくくせに、遅番たちは庄野を小馬鹿にしているところがあった。いい大人のくせに、と思っている。

庄野はどうやって生活しているのか。不思議でならない。霞《かすみ》を食って生きているのではないか。いつも本を読んでいるけれど、本屋の仕事が好きだからしているわけでもなさそうだった。

返品する雑誌を段ボールに詰め終わったところで、小島はレジに向かった。

やっている仕事を終えたら、必ず報告するように、と庄野がしつこく何度も言うからだ。

「返品終わりました……」

小島の報告を、庄野は聞いていないようだった。ただ一点を鋭く見つめている。

厳しい目つきをしていた。

まるでスポ根漫画の鬼コーチみたいに。とるに足らないへまさえも見逃すまいとしているみたいだ。

その先には、リュックサックを背負った中学生くらいの男の子がいた。

中学生は、店内をうろついている。誰かを探しているようにも、ただよるべなくうろついているようにも見えた。探し物が見つからず、迷っているのか。ふらふら歩き回ってから、諦めたらしい。出口に向かった。

「犯行成立」

鬼教官のごとき形相をした庄野が言った。小島を押しのけてカウンターからでると、一目散に駆けだした。

「庄野さん？」

「なになに？」

三階にいることに飽きて、店内で立ち読みをしていたらしいバイトたちも庄野の行動に驚いたらしい。

「ごめん、レジ見てて！」

小島は店から飛びだした。

通りの向こうに白シャツの背中が見えた。

追いかけなくては。なぜか小島はそう思った。

3

こんなに全速力で走るのなんていつぶりだ？

前を猛然と駆けていく庄野を見失わないよう、追いかけている自分が、とてつもなくアホらしかった。

別に追わなくてもいいのではないか。

なのに、小島は足を止めることができなかった。

三軒茶屋の夜の国道沿いは賑《にぎ》やかだった。人で溢《あふ》れている。不安定な足取りの酔っ払ったサラリーマンに小島はぶつかり、向こうからくる人々をよけながら、駆けた。

「小島くーん！」

背後から島尾海の声がした。

レジを頼んだというのに、なんで声が聞こえるんだ。

店はどうするつもりなんだ。ちゃんと店番をしていてくれ。

いかにも緊急事態というふうに店を飛びだしたのだから、もしや、他の連中も追いかけてきているのではないか。嫌な予感しかない。

営業中だっていうのに、店員不在だなんて。そんなことになったら……万引きされ放題ではないか。

誰がついてきているのか、確認すべく振り返りたかった。

だが庄野が見えなくなってしまったら、追いかけてきた意味がない。走り続けるより他ない。

「小島くーん!!」

島尾とは別の声が耳に届いた。吉行だ。

最悪だ。これで遠藤の声が聞こえたなら、爽快堂書店にはいま、従業員ゼロだ。

売れ筋の漫画はあらかた盗まれ、翌日にはネットオークション行きとなるか、近所の中古書店に平積みされてしまうことだろう。

もっと最悪な事態が起こる可能性だってある。レジから金を抜き取られてしまうとか。阿鼻《あび》叫喚《きょうかん》の地獄絵図……が店に戻ったら勃発しているかもしれない。

小島はぞっとした。

だが、いま目の前で起こっている出来事に大忙しで、暗黒未来予想図を気にしている余裕はない。歯を食いしばった。

遠藤の声、聞こえてくるな、マジで。

小島は息を切らして祈った。

悠長に祈りを捧《ささ》げている場合ではなかった。とにかく庄野の背中を追わなくては。

彼らはなにもわからないまま、夜の三軒茶屋を全力疾走していた。

あかりが乏しくなっていく。住宅街のほうへと庄野は走っていった。ペースがどんどん早くなっている。こんなに無駄に足が速いなんて、反則だ。

本屋のバイトは、体力勝負だ。紙の詰まった段ボールは重いし、腰にくる。でもこれは業務に入るのだろうか？

いまの状況が夢であってほしい。そうなら早く目覚めろ、自分！　小島は頰《ほお》を叩《たた》いてみた。見えている景色は、自室の天井に切り替わらなかった。

「ああ、くそっ！」

現実逃避してもしょうがない、これはもう、リアル中のリアルだ。疲れたから足を止めたい。心臓がばくばくいっている。

小島は体育の成績がずっと2だった。マラソン大会だって当日までに風邪を引こうと企てたり、仮病を使ったりして逃げてきた。自分の鈍臭さとは、生まれてからずっと付き合ってきた。

いい加減止まってくれ、庄野さん！

すっかり人通りは少なくなってしまった。暗い公園へと庄野が入っていった。逃げているやつもなんでまたこんなところに。もっと人混みにまぎれるとかすればよかろうに。

自分だったらそうする。

公園に隣接している図書館の返却ポストの前で、庄野が万引き犯の背負っていたリュックに手を伸ばし、掴《つか》んだ。

二人は大きな音を立てて倒れこんだ。

庄野のねばり勝ちだ。十代の足に追いつき、しかも捕らえるだなんて。

勢い余って止まることができず、小島はつんのめり、転んだ。

「いってぇ……」

なんてことだ。こんなに走ったのは高校の体育の授業以来だった。とっさに身体を横にしたおかげで頭は打たなかったけれど、左腕がやられた。

「小島くん大丈夫!?」

島尾が息を切らして駆け寄ってきた。

「うん……」

痛いけど、いま痛いと主張していいものかわからなかった。

「なんだよこの状況」

吉行も追いついて、へたりこんだ。

「多分、この子、万引き犯？」

島尾が答えた。

中学生の背負っているアディダスのマークがでかでかとついているリュックを島尾は拾い、ジッパーをあけようとする。

「ダメだ」

庄野が止めた。

「なんでですか」

「勝手にカバンをあけたらこっちが悪くなる。あくまで自分でやらせる」

未成年だし、慎重に、と庄野が言った。

子供は黙ったままでいた。

「庄野さん、よく万引きしたってわかりましたね。ずっとレジにいたのに」

島尾が言った。

「店に入ってきたときと比べ、二階から降りてきたとき、リュックが不自然なほど膨れていた」

そんな細かいこと、間違い探しじゃないのだから、普通気づくか？

明らかに庄野の観察力は度を越している。

そして店にやってくる客のことなど興味なさそうにしているのに、庄野はなにもかも見ている。

「なるほど」

吉行は感心していた。もう少しその観察眼の異常さを、不審がるべきだろう。急な運動をしたものだから、珍しく素直に納得している。

「店は？」

小島は、島尾に訊ねた。

「遠藤くんがレジに入っているよ」

とっさにジャンケンして決めた、という。事情がわかってなかったとはいえ、緊張感ゼロだった。

めちゃ混む時間だし、一人で死にかけてるかもしれない、と島尾は他人事《ひとごと》のように言った。

「吉行くん、帰り途中に遠藤くんになにかお菓子でも買ってあげてください」

庄野が言った。

いつもの庄野に戻ったように見えた。

「どうするんですか、この子……」

吉行が庄野に訊《たず》ねた。

「店に連れ帰って、自白するまで思いつく限りの拷問をしますよ。最近読んだ本にいいのがありました。一枚一枚ペンチで爪を剝《は》いでいくのはどうでしょう」

知識は蓄えるだけでなく、実行しなくちゃ意味がありませんから。

ギャグだか本気なんだかわからない。そしてこの場で放つ言葉としては黒すぎる。

庄野が小島のほうを向く。

「今日のシフトはきみですから、痛みに暴れる犯人を押さえつける役をやってもらいましょう。剝ぐほうがしたいならそっちでもいいですよ」

庄野は口の片端をあげた。

小島は首を振る。そんな役回り、ごめんだ。

スマホの鳴る音がした。

島尾がスマホを取りだし確認をした。

「あ、遠藤くん」

もしもーし、と島尾が応える。スピーカーに切り替えると、

『なにやってんのみんな！　今日俺シフトじゃないのにさあ！』

と遠藤の情けない声が聞こえた。

「いまレジ？」

島尾が訊ねた。

『そうだよ！　さっきまでプレゼント包装だのまとめ買いで全部カバーだの最悪だったんだけど！』

悲痛な叫びが暗い公園に響いた。

「すぐ帰る、ごめん」

島尾は煩わしげに通話を切った。

「レジでスマホいじっているの、阿川にばれたらめちゃ怒られるぞ」

そばでやり取りを聞いていた吉行が言った。

吉行は「勤務中スマホをいじっている」常習犯だ。庄野経由で注意されるとしばらくしないが、時間があくと何事もなかったように繰り返す。なので言葉が軽い。

「遠藤くんへのお土産のついでに、爪剝ぎ用のペンチも買ってきてもらっていいですか。レシートくれたらお金は返します」

腕をしっかり掴まれ、項垂《うなだ》れている子供は身じろぎもしない。刃向かっても無駄だと観念しているのだろう。

「きみたち、日頃からジョギングでもしたほうがいいですよ。この程度で息があがっていては、なにもできない」

庄野がダメ出しをしてくる。

たしかに庄野は、こんなことになっても、平然としている。化け物か。

4

せっかく買ってきたアルフォートのアソートパックに、手をつけようとする者は誰もいなかった。

万引き犯は事務所の椅子で微動だにせず、俯《うつむ》いたままだ。

店員たちに囲まれながら、犯人はなにを訊《き》かれても答えようとしない。

島尾を緊急でレジに立たせ、庄野が事務所に入ってきた。手には分厚い雑誌を携えていた。

「なんで庄野さん、そんなの持っているんですか」

吉行が訊ねた。

「なんでこれがこんなに厚いかわかるかい?」

結婚情報誌である。

「広告いっぱい載っているからでしょ」

吉行はつまらなさそうに答えた。

「花嫁が、言うことを聞かない花婿を、角で叩《たた》くためだ」

「……面白いっすね」

吉行は、庄野の発言を受け止めきれないらしく、笑って誤魔化《ごまか》した。

「ギャグではない、まごうかたなき事実だ」

一同が黙った。

「カップルで買っていくとき、だいたい男がこの重い雑誌を持ち帰る。つまり、自分を脅かすかもしれない凶器を自ら運ぶということだ。笑えるなあ」

まったく笑みを浮かべず、庄野が言った。

辞書は投げるぶんにはちょうどいいが、接近戦には向かない。誰も聞いていないのに庄野は続けた。

「いつもレジでそんなえげつないこと考えているんすか」

夢に溢《あふ》れた雑誌を凶器にして脅す。読者並び関係者の皆さんに謝ったほうがよい。

「吉行くんがペンチを買い忘れたから、店にあるもので対処をしなければならなくなった」

「俺のせいっすか」

吉行が顔をしかめた。

買うわけがない。そもそもブラックジョークと捉えていた。

「領収書を持ってきたら、僕が必要経費として処理しました」

そんな使用目的、通せるものなら通してみてほしい。

「店の商品は拷問に使わないほうがいいんじゃないっすかね。血がついたら売り物にならないし」

遠藤が心配そうに言った。容疑者のメンタルよりも商品のほうが大事だ。

小島はなにもコメントできない自分を少し情けなく思った。

みんな立派だ。物怖《ものお》じせずに意見を言い、好きな服を着て自分の個性を表現している。

事務所の机には本日再入荷となった人気コミックが積まれていた。犯人が盗もうとしたものだった。

「学生証を見せて」

庄野が中学生に手をさしだした。

中学生は黙りこくったままだ。

「このままだと、通常業務に支障をきたす。喋る余力がないのなら、警察署でカツ丼を食べて腹を満たしなさい」

そう言って電話の受話器を手にしたときだ。

「学生証見せたら、見逃してくれるんですか」

万引き犯が口をひらいた。もうしませんから、もうこの店絶対きませんから。

一同が注目する。

犯人は庄野を哀願するように見ていた。

「こんなこともう絶対やりません、ごめんなさい」

「最終的に警察に連絡するのは変わらない。店から一歩でも商品を持ってでたなら、それは万引きだ。もしうっかりしたというならまだ考慮の余地もあるが、カバンにこれだけ詰めこんでいたんだ。きみはうっかりの限界にでも挑戦するつもりだったのか。申し開きはできんだろう」

うずたかく積まれたコミックの塔のてっぺんを、庄野は指で叩いた。

「庄野さん……」

小島が庄野を止める。

このまま犯人のメンタルに圧をかけ続けても、仕方がないではないか。

内線が鳴った。

庄野は受話器を取り、そして下へと降りていった。

「僕、警察に捕まったら部活辞めさせられちゃうし、学校退学になっちゃうよ……」

犯人が鼻を啜《すす》った。哀れにも見えるが、本心かは怪しい。

「部活」

遠藤が言葉を繰り返した。

「サッカー部なんです」

これは同情をひこうとする作戦なのかも、と小島には思えた。

人の良さそうなバイトたちをうまく丸めこもうという魂胆なのかもしれない。

庄野より、目の前にいる連中のほうが、うまく許らってくれるのではと、睨《にら》んだのではないか。

残念ながらそうはいかない。全員、面倒事には極力関わりたくない。

中学生はジャージのハーフパンツを穿いている。いかにも運動していますといった格好だった。

春になったとはいえ、夜はまだ肌寒い。剥《む》きだしの足が震えているのは反省しているからなのか、冷えているからか。

その姿に、改めて小島は思った。自分は運動部のやつらが苦手だ。だからどうしても疑ってしまう。

「で、なんで万引きしたわけ」

吉行が訊ねた。

警察での取り調べの予行演習でもするつもりだろうか。庄野がいないので、自分がこの場を仕切るつもりらしい。

常日頃から吉行は、自分が遅番のリーダーだ、みたいなことを冗談めかして言う。内心そのつもりでいるのかもしれない。

中学生はまた黙ってしまった。

このままではらちがあかない。

すぐに警察に連絡したほうがいい。なぜ庄野はしないのだろうか。

さっきも中学生のそばで防犯カメラを操作し、決定的証拠を見つけて画面をプリントしては、

「うまく死角で犯行に及んだと思っているつもりらしい。僕らも嘗《な》められたものだなあ」

などとほくそ笑んでいた。

人のギャグには笑わないが、人の愚かしい決定的瞬間には笑う男、それが庄野。

犯人に精神的苦痛を与えようとしていたのだろうか。だとしても嫌味ったらしいにも程がある。

さっきの脅しだってそうだ。犯人がこんな目に遭ったと話したなら、保護者も黙ってはいないだろう。

小島は中学生を見ていられなかった。

自分もかつて、こんなふうに事務所で所在なげにいることになるはずだったのだろうか。いたたまれない。

庄野が事務所に手ぶらで戻ってきた。結婚情報誌は売り場に戻したらしい。

「二階をうろついている中学生が二名いる。きみと似たような格好だが、同じ部活かなにかかな？　一階で買い物するでなくふらふらしていたのを不審に思い、二階へあがっていったときに島尾くんが連絡してくれた」

庄野は犯人の前に立った。

「友達か」

そう問われても、中学生は黙っていた。凍えているみたいに震えが大きくなった。

「ケース1、彼らは友人で、きみの犯行を知らない。きみになにか起きたと思い心配している。それにしてはずいぶんとふざけた動きだ。この線は薄いだろう」

庄野は中学生の前に立つ。

「ケース2、彼らは友人で、きみの犯行を知っている。度胸試し、あるいは遊び感覚で万引きをした。まあ、訴えてこない時点で、きみの友人ではない。即刻縁を切ることをおすすめする」

そして……、と庄野はため息をついた。面倒そうだった。

「ケース3、きみは彼らにそそのかされ、犯行を行った。自分ではやりたくなかったけれど、強要された。つまり、いじ……」

「庄野さん」

小島が庄野の言葉を遮る。

「もう警察に電話しましょう、いいじゃないですか、それで」

「小島くん？」

遠藤が驚いて声をかけた。小島が率先して提案するのを、初めて見たからだった。

「そうだな」

庄野は頷《うなず》いた。

「多分これから警察がきて、いろいろ調べることになる。店の前にパトカーも置かれ、お客さんも動揺するだろう。警官に事情を話さなくてはならないし、僕は今晩帰れなくなる可能性もある。これ以上余計な体力を使いたくない」

読みかけの本があったっていうのに。庄野はつぶやく。

「たすけてください」

その声に全員が振り向いた。

中学生は下を向き、肩を揺らしていた。嗚咽《おえつ》している姿を、皆はただ眺めることしかできなかった。

「僕らは本を盗まれた。こちらが被害者側だ。きみの処遇を助ける筋合いはない。むしろ君の不愉快な悪事で人生の時間を削られたこっちを救ってもらいたいな。盗まれた側の人間に自分の個人的な問題を救済してくれとは、きみは説教強盗よりたちが悪いぞ」

庄野が言いきった。

「クラスメイトとのトラブルは、すぐに教師に報告しなさい」

あまりにもきつすぎる。庄野の物言いをよくわかっている遅番たちならともかく、中学生に言うのは酷ではないか。誰もが思ったろう。

「言えないときだってあるんじゃないですか。言ったところで、なにもしてくれないじゃないですか、教師なんて」

遠藤が言った。さすが元ヤン（?）、反体制、大人は汚いってやつか。

みんな、自分よりしっかりしている。そう思うと自分がとても小さいやつに、小島は感じた。

遠藤の発言を受け、庄野は中学生を見つめた。

「自分のいまの境遇を助けてとしっかり訴えたことは評価する。嫌いじゃない」

庄野は事務所をでていった。

小島は後についていった。

二階のコミック売り場では、棚を眺めるわけでもなく、中学生らしき二人がスマホをいじっていた。

庄野は棚をメンテナンスしだした。

犯人に万引きを強要したらしき二人と、ある程度の距離を保っている。

二人は庄野をちらちらと見て、警戒していた。だが無視を決めこみうろついていた。

「みんな漫画が大好きだな」

庄野がつぶやいた。

突然なにを言いだしているんだ。小島には庄野の真意が掴《つか》めなかった。

「少年漫画の主人公は自分のやりたいこと、成し遂げたいことに向かってひた走る。僕は、それを『漫画だから』といって筋の面白さだけ楽しみ、自分自身のこととして向き合わないやつは嫌いだ」

「はあ」

「漫画といえば、昔の知り合いを思いだした。そいつは小学生のとき、学年雑誌に連載していた漫画が大好きだった。主人公はのんきで、学校にも行かず、ずっと家で楽しく過ごしている」

「それただのニートじゃないですか」

小島の言葉に、そうかもしれん、と庄野は目を細めた。

なんでそんな話をしだしたのか。

庄野は平積みされている漫画を整えていく。

「お母さんも学校の先生なんだけれどのんきで行かない、お父さんものんきだから会社に出勤しないんだ。それでどうやって暮らしているんだか皆目見当がつかない。でも三人で仲良く暮らしている」

「ひどい……」

「読んでいたそいつは、いいなあって思ったんだと。家族仲がいいわけでもなかったからな。いつでもみんなで楽しく過ごす、そんな場所が欲しかったんだろう。いつかそんな場所を作りたい、とそいつは思っていた。そいつとはもう会うことはないけれど、たまに思いだす」

なんでそんな話をされているのかわからなかった。

「なんて漫画ですか？」

小島は訊《たず》ねた。

「『のんきくん』」

「まんまじゃないですか」

「僕はこの世の漫画のなかで一番好きなんだ」

庄野は言った。辛いとき、あの漫画の主人公になって、あの家にいる自分を想像するんだ。

「それって」

小島は言葉を続けることができなかった。

知り合いって言っていたのに、最後には自分って言っていますよ。

庄野はそんな矛盾など構いもしなかった。緊張しているのかもしれない、と小島は感じた。

「お客さん、なにかお探しですか」

突然庄野が二人組に話しかけた。

日に焼けた二人組は驚いた顔をして、庄野を見て、

「大丈夫です」

と答えた。

いかにもスポーツをしているという風貌をしていた。

「さっき僕はお客さんたちと同じくらいの年の子と友達になりました」

庄野は冷徹な目で二人を見た。

ロックオンされた二人は、いったいこれからなにが起こるのか見当もつかないらしく、たじろいでいる。

「もし誰かが友達になにかしようものなら、それも遊び感覚で彼を陥れるようなことをしようものなら、僕はそいつをボコボコにします」

庄野は言った。

「漫画だったら、きっとそうしますよね」

有無を言わせない口ぶりだ。

「なに言ってるんだかわかんないんですけど」

一人がへらへらした調子で言った。

舐《な》めているらしい。

「屈した彼も悪い。だが彼なりに周りに気を使ったんだろう。浅はかだが悩み抜いての行動だ。そして命じたやつは底が浅い。しかもどうなったのか探りを入れにくるなぞ、こそどろみたいなことをしている時点でお里が知れる。自分たちが漫画の主人公でなく、すぐ死ぬザコに成り下がっているのに気づきもしない」

「なに言ってんのかわかんねえし」

中学生の一人が庄野に歯向かった。イラついているらしい。

「俺ら客なんだけど、なんなん？」

そう言って連れと一緒にへらへら笑った。

「個人の見解です」

庄野が言った。どう考えても煽《あお》ってるだろう。

キモいから行こうぜ、と一人が言った。

「まじで胸糞《むなくそ》わりいわ。ネットのレビューに書こうぜ、サイコな店員がいるって」

中学生たちは、証拠がないから手出しをしない、と舐めきっているらしい。庄野に聞かせるような声量で言い放った。

ネットのレビューに悪評を書く。ダメージを与えてやったとでも思っているつもりなのだろう。小賢《こざか》しい。

「そのときは庄野って店員だとちゃんと書いておいてください、店と他の店員に迷惑がかかるので。それと、なにか伝えたいことがあるのなら、どこの誰か、きちんと明らかにしておいてください。自分は安全な場所に隠れて、匿名で文句を垂れるなど、この世で一番醜い行為だ。いまからそんなものに慣れてしまったら、きみたちはなにもできなくなる」

庄野は言った。

小島は庄野の背中しか見ていなかったから、どんな顔をして言っているのかはわからなかった。多分、さっき万引きを見つけたとき以上に厳しい顔をしているだろうと思った。

逃げるように中学生たちは去っていった。

庄野は中学生たちが降りていくのを見届けてから、

「すまん」

と言った。

自分に言っているのだろうか、それとも、いじめを解決することができなかったからだろうか。小島には言葉の向かう先がわからなかった。

視線を感じて振り返ると、三階へあがる階段に、遅番たちと万引き犯の中学生がいた。

万引き犯の彼は、顔を歪《ゆが》ませていた。こんな散々な結果になってしまって、悲しいのだろう、と思った。

「ぼくの名前は——」

彼は、自分の名前を口にした。

「ごめんなさい……本当に、ごめんなさい」

「じゃあ、警察を呼ぼう」

庄野は頷き、三階へとあがっていった。

客が二階にやってきた。

「あれ、ありますか?」

人気漫画の題名を小島に訊ねた。

その漫画が積まれていた場所は、ぽっかりと空いてしまっていた。

事務所の机に、全巻分積まれている。さっき万引きされたものだった。

多分あれは、まだ売ってはいけない。

5

結局中学生は警察に連れていかれた。

なんとなく事情を理解した遅番たちは、中学生に同情的だった。

「反省してるなら、よかったんじゃねえのかな」

翌日、雑誌を立ち読みしながら吉行は言った。

「バッドエンドっすよね」

遠藤も同意した。

そばで小島は黙っていた。

結局、庄野は警察の調べに遅くまで付き合わされたらしい。朝番の安岡さんが、島尾に教えてくれたという。

「じゃあ今日庄野さん休み？」

「いや、店長が帰るのとバトンタッチでくるってさ」

「ほら、噂《うわさ》をすれば」

店に庄野が入ってくるのが見えた。相変わらず寝癖をつけている。レジにいる島尾に挨拶をし、そのまま階段をあがっていった。

一分もたたずに、店長が降りてきた。帰りたくて帰りたくてしょうがなかったのだろう、急ぎ足で店からでていった。

「でもさ、庄野さん、リュックがギャルソンなんだよな」

遠藤が言った。

「なにそれ」

「コム・デ・ギャルソン。それにスニーカーもナイキのフット・スケープだし」

自称おしゃれ、の遠藤が言った。

遠藤は今日もまた、謎の柄シャツを着ていた。でかでかとチワワがプリントされており、異彩を放っている。遠藤を見ると、おしゃれとは正解のない自由なものに思えてくる。

「へー」

庄野はいつもの白いシャツと黒のパンツ姿だった。何着同じものを持っているんだ？

「店長が帰ったし、行きますか」

吉行は雑誌を閉じ、一同は三階の事務所へと向かった。

「おつかれさまでーす」

元気よく吉行たちが入っていくと、庄野はエプロンをつけているところだった。

「今日島尾くん、店長と二人っきりだったから、ずっとレジだったんですよ」

まるで自分に起こった災難のように吉行が報告した。

「悪いことをした」

庄野は首を回した。眠たいのだろう。

「これは……お菓子だ！」

遠藤がテーブルにある菓子折りを手にした。

「とらやですよ！　羊羹《ようかん》ですよ！」

喜びの舞～と身体をくねらせながら、周りに箱を見せびらかした。

「あけるな」

庄野がびしゃりと止めた。

「事務所のテーブルにあるってことはみんなで食べていいってことでわ？」

遠藤が首を傾《かし》げた。

「それは、昨日の万引き犯の親がもってきたものだ」

「だったら余計、俺らには食う権利が」

「食うな。これを食べたら、僕らは賄賂をもらったことになる。親の誠意であろうと食べてはいけない」

庄野が事務所をでていこうとしたとき、小島が呼び止めた。

「なに？」

「庄野さんは、なんで本屋で働いているんですか?」

なぜいま唐突に、と全員が小島に注目した。

一同は黙った。

「退屈だから」

庄野はでていった。

残された者たちは、顔を見合わせる。

「退屈?」

「本屋が退屈?」

「どういうこと?」

「楽ってこと?」

「楽じゃやねえだろお」

「え、なにあの人もしかして、格好つけてない? 似合わねえ〜」

吉行と遠藤が喋《しゃべ》っているのを、小島はただ聞いていた。

退屈しのぎにしては、ずいぶんと血眼になって万引き犯を捕まえたものだ。

やっぱり庄野は、わけがわからない。

第二話

遅番本気だせ!

注文カード

書店・取次店

遅番にやらせとけ

書店員の逆襲

本体1200円+税

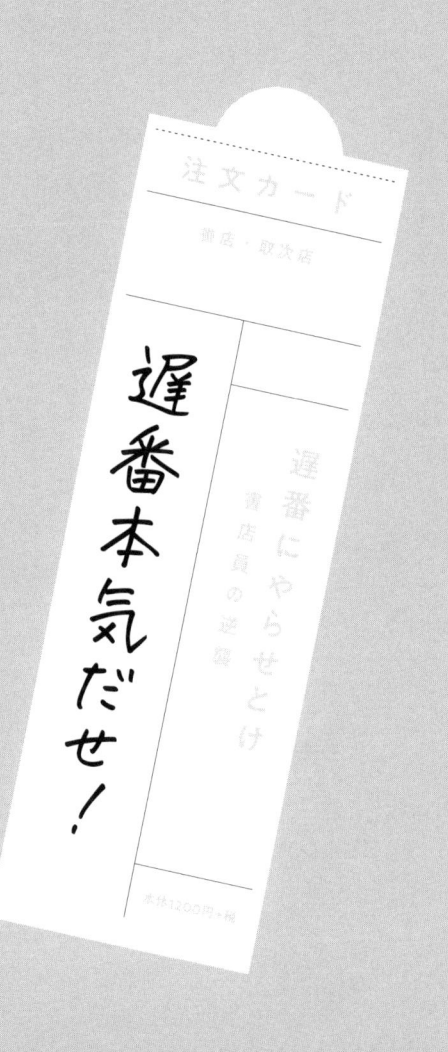

1

まもなく自分の番だ。

島尾海《しまおかい》はウエストバッグからコンパクトミラーを取りだした。

髪が乱れていないかチェックしておかなくてはいけない。

髭《ひげ》の剃《そ》り残しはない。昨晩にコラーゲン入りのパックをしたおかげか、肌もぷるぷるしている。あごに吹き出物ができてしまっているのが気にかかった。

万全のコンディションでこの日を迎えたかったというのに、なぜこんな事態になってしまったのか。きちんとした食事をするようしばらく気をつけていたし、自重トレーニングにだって精をだしてきた。

この吹き出物は、あいつのせいだ。

一昨日《おととい》、同僚の吉行《よしゆき》が新発売のチョコを皆に振る舞った。

珍しいこともあるものだと、ゲームをしながらなんとなしにつまんでしまったのがよくなかった。

いつもは「飲みにいく金もない」とか抜かすくせに、なんだったんだろう。

たまにしかない写メ会に向けて、自分を仕上げてきたのに、油断した。

でも、アヤが吹き出物に気づいて「大丈夫?」なんて声をかけてくれるかもしれない。よく気がつく子なのだ。

以前も島尾が着ていたTシャツの胸に小さくついていたブランドロゴに反応してくれた。シュプリーム似合ってる、って。

会場内の空気は淀《よど》んでいる。アイドルの握手会場は、はっきり言おう、臭い。

ただでさえ島尾の並んでいる列ではさまざまな匂いが混ざりあい、嗅覚が忙しかった。

島尾が並んでいる列の匂いは油ぎったものとは違う。オタクがほぼガチ恋だからだ。みんな見た目やエチケットにこだわっている。並んでいる全員が、アヤに認知してもらうために必死だった。

島尾の持っている鏡《かがみ》には、『すみっコぐらし』のトカゲのシールがついている。

先日あったライブ配信で、アヤが「大好き」だと言ったのを聞いてから、島尾はグッズを見つけるたびに買ってしまう。

「綾《あや》推し」の連中はリュックにキーホルダーをぶら下げたり、Tシャツを着ていたりしている。会場内を歩いているとき、同担だとすぐに見分けがついた。列にもちらほら見かけた。

島尾の前にいるおっさんなんて、頭にぬいぐるみを載せている。話のとっかかりにするつもりなんだろう。なんといじましいことをしているんだ、と鼻で笑った。

アヤがお前みてーなおっさんなんぞ相手にするわけねーだろうが。だいたいなんだよ、さっきから小刻みに震えやがって。小動物か。いい年こいて、女の子に会うのに緊張しちゃってさ。

アヤがブログで書いていたではないか。『何事にもどっしりと構えて、動じない人が好き』って。

吹き出物のほかに、手がかさついているのも気になる。握手をしたときにアヤが不快になってしまったらどうしよう。

自分の不摂生をネタになんてしたくない。逢瀬《おうせ》の時間は十秒もないのだから。

ここしばらく返品作業が多くて、手がガサガサになっていた。段ボールは皮膚の水分を奪う。ハンドクリームをこまめに塗っても、追いつかない。

「返品、お願いできませんかね」

昨日、庄野《しょうの》に頼むと、面倒そうに、

「なんで?」

と訊《き》き返された。

「いま手が荒れちゃってて」

照れ笑いを浮かべた島尾を、無表情のままで庄野は眺めた。

「僕のほうが荒れている」

そう言って島尾の前で手を広げてみせた。

そりゃあんたはそうだろうけどさ! 働き者のいい手でいらっしゃいますけど! 手の荒れようでマウントをとらないでほしい。

本当にあの人には優しさや、人の気持ちを察するなんて気遣いのかけらもない。

レジで暇になるたびに、

「実は今月末、推しのアイドルと写メするんですよ」

と庄野に話していた。

そのたびに庄野は、興味のない顔をした。

「庄野さん、好きな芸能人とかいないんですか？」

いちおう訊いてみた。樋口一葉《ひぐちいちよう》とか言いだしたらどうしよう、と一瞬ぞっとした。

庄野はなにも答えなかった。くだらないこと言ってんじゃねえ、ということだろうか。お客がレジにやってきたので、その話題は立ち消えとなった。

閉店後、レジの金を数えているとき、突然、

「黒木華《くろきはる》さん」

と庄野が言った。

真面目くさった顔をしているが、少し恥ずかしそうだった。

「は？」

どうしたんだ、突然。こちらは万札数え中だっていうのに。おかげで何枚まで数えたか忘れてしまった。

「黒木……さん？」

庄野がふたたび言った。しかもなぜか疑問形だ。

「なんですかいきなり」

「好きな芸能人だけど」

さっき話題に出してから三時間が経過していた。どうやらずっと考えていたらしい。島尾は、

「そうですか」

としか答えることができなかった。

ほどよいところを突いてきたので、なんとも言えなかった。

「で、なぜ僕の好きな芸能人を知りたかった?」

「……いや、ただの世間話です」

「真剣に考えて損した」

「なんか、すんません」

島尾は頭を下げた。どうでもいいことでも、謝りたくもないのに謝ると、みぞおちがきゅっと締まる。

「演技がいい」

珍しく話し足りなかったらしい。庄野は続けた。

「ああ、そうですか」

会話が続いていることに、島尾は驚いた。

「前に舞台を観《み》たんだけれど、とてもよかった」

庄野は三軒茶屋《さんげんぢゃや》ですべての用事を済ませているものだと思っていた。金もなさそうなのに舞台鑑賞だなんて、気取ったことをしているのも意外だ。

「舞台とか、観るんですね」

庄野がよく、本を読んでいる姿を事務所で見かける。なにを読んでいるのか訊《たず》ねてみても、小難しそうなものばかりで、まったく興味を惹《ひ》かれなかった。おすすめを訊いてみても、紹介された本を読んだことは、一度もない。

「まあ気になったものがあったら」

話によると、たまに劇場に足を運ぶらしい。

「意外ですねー、庄野さん、小説しか興味がないと思っていました」

庄野は謎である。

書店の連中とあまり絡もうとしない。

バカ話しかしない遅番連中など、話が合うわけもないと諦めているのかもしれない。女の園である朝番に対しても同様だろう。会話することでカロリーを消費するのすら嫌がっていそうだ。たしかにこちら側からしても、干支《えと》が一回り以上離れている偏屈なおっさんと共通の話題などあるものかと思う。

「やっぱりあれですか、ライブ感というか、そういうのがいいんですかね」

映画館でライブビューイングに参加するより、現地に赴くほうが、気持ちが盛りあがる。アヤに声援を送り、彼女の耳まで自分の声を届けたい。ステージと席がとんでもなく離れていたとしても、同じ場所にいれば、できる、かもしれない。

「別に、知り合いがちょっと関わってる芝居を観にいくだけだから」

庄野が興味なさそうに答えた。

「芸能関係に知り合いとかいるんですか？」

「知り合いってほどでもないけれど」

これはすごい。ひょっとして……。

「あの、牧村《まきむら》綾って知ってますか？」

島尾が前のめりになって訊ねた。

庄野は島尾の勢いに、少し身体を引き、眉を寄せた。

「いや……、知らんし」

「これまでなにを聞いていたんですか。僕の推しですよ！」

島尾は庄野に熱弁した。

小学生のときにキッズモデルをしていた彼女は、将来について悩んでいた。そんなとき彼女の心を癒やしていたのは、当時大人気だったアイドルグループだった。自分もこんなふうに人を元気にしたい、自分が元気になったように、という思いで、順調だったモデルの仕事も事務所も辞め、ダンスレッスンに励み、十六歳のとき、憧れていたグループのオーディションに合格。握手会でも絶対に嫌な顔をせず、疲れを見せないその根性が評価され、最近ではメディア選抜に抜擢《ばってき》されるようにもなった。正直落ち目になりつつあるグループをなんとか盛りあげようと、SNSの投稿を欠かさず、順番制の公式ブログでは、必ず長文でパフォーマンスの改善点や、目標を綴《つづ》っている。テレビで歌を披露するたびに、新規ファンを開拓している。去年映画に端役だが出演し、演技に興味を持つようになった。ゆくゆくは女優になりたい、という目標を掲げている。自分がいま、もっとも推しているアイドルである、と。

「ふーん」

最後まで聞いてくれてはいたものの、庄野に興味を抱かせることはできなかったらしい。どうせ、この人の興味の向く先なんて小難しい小説だろう。

このあいだ紹介してもらった本は、谷崎潤一郎《たにざきじゅんいちろう》の『細雪《ささめゆき》』だった。ちょうど庄野が読書中だったらしい。

あらすじを聞いているうちに、たまには読書してみるかという殊勝な気持ちは、スン、と失せた。たいして小説を読まない大学生には、ハードルが高すぎる。

「それで、その子がどうしたの」

庄野が訊ねた。

「いや……だから応援したいんです」

「きみ……人のこと応援している暇があったら、自分のことなんとかしなさい」

痛いところを突かれた。

島尾は大学を留年してしまっていた。卒論は提出したものの、アルバイトと推し活によって、単位が足りなかった。

庄野の言葉に返事をすることができなかった。というか言えなかった。

「おまえが言うな」

という言葉を。

あんたのほうがやばいだろ。いい年こいてさびれた書店の一バイトだぞ。


いかん、いまからアヤに会えるというのに。

前にいたおっさんがブースに入っていく。

「トカゲさん！　かわいい〜」

アヤの声が聞こえた。おっさん、どうやら作戦は成功したらしい。よかったね。そうやって奇をてらわなくてはいけないくらいのやつなのだ。自分は違う。吹き出物と手のカサつきは気がかりだが、ほぼいい状態でアヤの前に立つことになる。

カシャ、とシャッター音が鳴る。

「どうもありがとう！」

アヤの声。おっさんもなにか喋《しゃべ》っているが、まったく聞き取れない。というか、アヤの声に集中しているせいで、他の音はノイズとして耳が処理している。

「そんなにたくさん買ってくれるんですか？　大丈夫？　古本屋さんに売ったりしないでね！」

どうやら話題はまもなく発表されることが発表された、ソロ写真集についてだったらしい。

係員に剥《は》がされ、抱えこまれながら、おっさんがブースからでてきた。

ついに自分の番だ。なんだか緊張してきた。久しぶりの再会に、武者震いを起こした。促され、島尾はブースへと入っていった。

2

「牧村綾……知らないわねえ」

阿川《あがわ》が出版社から送られてきたファクスを見て、言った。島尾が早目に出勤して見つけた発注書だった。

「いま一番人気なんですよ」

牧村綾ファースト写真集、予約を受付しています。

店にくるたびに島尾はファクスをチェックしていた。阿川が興味を持たず捨ててしまってはいまいかと、ゴミ箱にある紙の束まで確認した。そして今日、ついに発見した。

「ホントに人気なの？　わたし知らないし」

アラサー女性、好きな有名人は将棋の藤井くん、の阿川からすれば、同性で年下のアイドルグループなど、顔と名前が一致しないだろう。なんなら全員同じ顔、とバカにしている可能性だってある。自分だって、わりとよくあるタイプのくせしてだ。

「そりゃ阿川さんはオバ……」

「なんか言った？」

阿川が島尾の失言を遮った。

「なにも言ってません」

島尾は気をつけのポーズで答えた。

いま阿川の機嫌を損ねるわけにはいかない。

「それにきみたちのおすすめっていうのもねえ」

阿川はファクスを眺めながら言った。

以前に店の一角を使い、『当店スタッフがおすすめするクリスマスにプレゼントしたい本』という企画をしたときのことだ。

遅番の連中も参加してよい、とのことで全員張りきって注文をしたが、散々な結果だった。小《こ》島《じま》は「最近面白かった漫画」といって麻雀《マージャン》漫画『アカギ』を全巻勝手に発注した。クリスマスにまったく関係ないじゃないかとなじられた。吉行にいたってはフィギュアのカタログを注文。

「それはおまえが欲しいやつだろ」と全員に突っこまれた。

その一件もあり、次の企画もの、『バレンタインデーに贈りたい本』では遅番は提案すら、させてもらえなかった。

「女性スタッフが考えるから」と断られたのだ。

だったら翌月、ホワイトデーの企画があるのか、といったらそんなものはなかった。

女性スタッフたちは本よりも貴金属か食い物が欲しいに違いない、と陰口を叩《たた》いているうちに、企画ものコーナーは売れ筋ビジネス書置き場にとって代わられてしまった。

「でもクリスマスのとき、僕のイチ推し売れたじゃないですか」

庄野が提案したのは、アヤが読んで面白かった、と紹介していた絵本だった。

「ヨシタケシンスケさん、定番だからね」

絵本の定番になど興味ない。阿川が女性アイドルを知らないのとタメを張れるほどに。

「まあ少し多めにとってもいいか」

阿川はファクスにある注文数欄にペンで「5」と書いた。

「五冊だけですか……」

「じゃあどれくらい売れると島尾くんは見てるの？」

「二万は固いと」

界隈《かいわい》でも一人最低十冊は買う、と皆が口々に言っている。島尾もよその書店でイベントがあるなら自分の財布が許す限り積む所存だ。

「うちでどれだけ売れるかってこと」

たしかにそう問われると、心許《こころもと》なかった。三軒茶屋で何冊売れるのかなんて、想像がつかない。つい最近でた、グループで一番人気の子の写真集も、さほど動かなかった。限定特典のつくチェーン店のほうが有利だ。

しかしここで怯《ひる》むわけにはいかない。アヤと約束をしてしまったのだ。


「わあ、久しぶりー」

「つっても一ヶ月ぶりだけど」

「めちゃ長いじゃん、きてくれて嬉しいよ」

「写真集発売おめでとう」

「ありがとう！　今日どんなポーズで写真撮る？」

「じゃ、手でハート作ってもらっていい？」

「いいよ！　はい！」

アヤは無邪気な笑顔で指を曲げ、ハートの半分を作ってみせた。人差し指と親指の先を合わせると、島尾の心臓がばくばく鳴っていた。

さっさとスタッフに写真を撮られ、数秒だけの握手。

「今日もありがとうね」

「僕、本屋でバイトしてるんだ」

「そうなんだ」

「なんで、めちゃ写真集売るからね」

「ありがとう！」

「ガチで、めちゃ売るんで」

「やった！　頼む！」

「まかせとけ！」

握られた手を無理矢理《むりやり》剥がされ、慌ただしくブースから追い立てられたけれど。とにかく約束した。絶対に果たさなくてはならない。

「いいわ、じゃ……」

阿川は書いた数字に線を引き、今度は8と書いた。

「もう一声」

「なによそれ」

「もうちょっと売れると思うんですけど」

「だめよ」

阿川が首を回した。肩が凝っているらしい。

「これ、買切商品じゃない。売れるかわからないものをこれ以上注文することはできないわ」

この店がいかに大変か、きみは理解できていないかもしれないけど……と阿川が店の経営状況を語ろうとしたときだ。

「売れるんじゃないですか」

後ろから声がした。庄野だった。

「僕知ってますよ、その娘《こ》」

そばで文庫を読んでいる庄野がしれっと言った。本から目を離さずに。

ナイスアシスト。島尾は心の中でガッツポーズをした。

「へえ。珍しいわねえ」

でも庄野さんが知っているのなら、有名なのかもしれないわねえ。阿川は8の字にも線を引いた。

「じゃあ、十……」

「百で！」

「十五」

「八十でどうだ！」

「って競りじゃないんだから」

阿川が顔をしかめる。

「五十くらいいけるんじゃないですか、いま一番人気らしいし」

庄野が言った。

ナントカ坂で一番人気の子の写真集、うちはたしか結構売れたのよね……阿川が考えこむ。

「……まあいいか」

阿川は50と記入し、取次番線印を押した。

「でも、売れると言ったからには、完売してもらわなくちゃ困るわよ」

「もちろんです」

「一ヶ月以内に売り切れなかったなら、島尾くんの給料から天引くわよ」

阿川は冗談めかした口調で言った。目は笑っていなかったが。

「がんばります！」

庄野さんありがとう！　と島尾は庄野を拝んだ。庄野のほうはいつもの仏頂面のままだった。

「じゃ、そろそろレジ交代します」

庄野はそう言って席を立った。

島尾は後をついていった。気分はもう庄野の子分である。

階段の途中で庄野が、

「あ」

と言って急に立ち止まった。

「なんですか」

「僕は失敗した。あのアイドルの子、なんで知っているのかって、きみが散々話していたからだった」

つまり、助太刀《すけだち》してくれたわけでなく、島尾の熱弁によってアヤのことを認識していただけであった。

3

「写真集発売おめでとう！」

「ありがとう！」

「すごいよかったよ」

「え、どのカットがよかった？」

「高原で木に寄りかかってるとこ」

「あのときめちゃくちゃ寒くって、顔こわばってたでしょ」

「いつもと違う雰囲気ですごくよかった」

「だったら嬉《うれ》しい」

さっさと引き剥がされ、島尾は列を後にした。

先日、アヤの写真集が発売になった。並んでいる連中の話題は、そのことばかりだろう。推しの仕事が充実しているのは誇らしい。それに一役買っているのだ、と思えるのはなにより嬉しい。そう思っていた。

自分が本屋で働いていることを、アヤには前に伝えていた。だが今日、アヤはその話題に触れてくれなかった。もう忘れてしまったらしい。

アヤからすれば、自分はたくさんいるファンの一人だ。個人個人のパーソナルな情報なんて、覚えているはずもない。べつにそれは構わない。ガチ恋と揶揄《やゆ》されようと、応援したい。付き合いたいなんていうのもおこがましい。もちろんわかっている。けれど、正直もうちょっと認知してもらいたいという欲もある。

島尾は握手会場を後にしようとしていた。そのときだった。

向かってくる集団のなかに、頭に『すみっコぐらし』をくっつけたおっさんがいた。しかも首からなにかをぶら下げている。

写真集の帯を大量に紐《ひも》にくくりつけ垂れ下げていた。

アヤに見せるためだろう。自分はこれだけ買ったんだぞ、と。

荷物の持ちこみは禁止だけれど、アクセサリーならばオーケー。だからこいつはアヤの好きなトカゲを頭につけ、首から写真集の帯をぶら下げているのだ。

純粋に応援したい気持ちと、応援していて金をどれだけ払ったかをアピールしたい気持ちがまぜこぜになった、いかにもオタクらしい行動だった。

だが、島尾はその奇行を見たとき、負けた、と膝を落としかけた。

アイドルにとって、たくさんのファンを獲得することよりも、金払いのいい太客を得るほうが、効率がいいに違いない。ＳＮＳでも何十冊買った、と、皆が報告している。

アヤもきっと見ている。一つ一つに応じはしないけれど、『写真集を買ってくださったみなさんに感激』とつぶやいていた。

島尾にはそれほどアヤに「投資」することはできない。

地元でなく東京の大学に進学したいと親に告げたときだ。

「生活費はださない」

と宣告された。

だから学校以外はほぼアルバイトをして過ごしていた。爽快堂書店《そうかいどうしょてん》以外にも、深夜のカラオケボックスや飲み屋で働いていた。レジや返品作業と同じくらい、酔っ払った客のげろの始末だって、いままでは手慣れたものだ。そんなことに慣れたくなどなかった。

げろ掃除をするために、従業員に横柄な態度の客に頭を下げるために、自分は東京にきたわけじゃない。

接客業は、人の嫌な面を否応《いやおう》なしに見る。無愛想にされるのはまだいい。夜にやってくる客はだいたい昼間の疲れを引きずっている。それはよくわかる。だが腹いせのようにして見下すように振る舞う客とでくわすたびに、自分のなにかが少しずつ、壊されていくような気持ちになった。

労働で得る賃金には、不愉快な思いに対する我慢料も含まれているのだろうか。ときに人は、肩に積もらせた蟠《わだかま》りや悔しさを、金と一緒に投げつけてくる。

そんなふうに考えると気持ちが沈んでいった。

自分と同い年の連中が楽しそうにしていると虫唾《むしず》が走った。どうせ親に金を貰《もら》っているんだろう。遅番の連中だってそうだ。吉行がバイト代をフィギュアにつぎこめるのも、小島がばかすか漫画を買うのも、正直イラッとする。実家暮らしで親に面倒見てもらって買い物をしているやつらに、気持ちが弱っているとムカついた。

「金持ちになりたいな」

島尾は帰り途中、思った。したくないことはしないでいたい。大学だって、東京で遊びたかったから受験したようなものだ。

島尾は子供の頃から、公務員になると決めていた。仕事内容なんて理解していなかったのに。安定して、できるだけ趣味の時間を充実させたいと思ったからだった。なりたい職業なんて生まれたときからずっと、なかった。楽しい時間を大切にしたい。

でもまったく遊べていない。持ち前の律儀さでしっかりと言われた仕事をこなすから、どこの職場でも重宝がられる。爽快堂でだって、朝番のみんなにも評価されている。他のだらしない遅番たちよりもずっとだ。

唯一の楽しみである、アイドルの追っかけだって、結局は軍資金がないとどうにもならない。ソシャゲと同じで、より楽しむには、金がかかる。そのためには働かなくちゃならない。この世に都合のいい仕事などない。

そして、爽快堂で売れ残っているアヤの写真集を思った。

発売から一週間、五十冊入荷した写真集は発売当日三冊売れた。すべて島尾が買った。以降まったく動きがない。入荷数が多いので、いまは男性向け雑誌コーナーに二面で平積みされている。しばらくしたら朝番たちが、邪魔だと数を減らし、下のストッカーに押しこんでしまい、一冊だけ棚差しになるだろう。

そうなってしまってはもう、表紙を見て、興味を持ってもらうこともできない。

本屋はシビアだ。スペースの分しか置けない。新刊がでたら、追いやられてしまう。

まもなくランキングが発表される。十位以内に入るかどうか。ネットの掲示板では『大爆死決定』なんて書きこまれていた。アヤも見ているだろう。

よその書店に偵察に行ったり、暇になるとネット通販のランキングを確認したりしている。動きは鈍そうだった。

島尾はため息をついた。

「なに、島尾くん暗いじゃん」

吉行がプラモを組み立てながら言った。最近はガンプラ作りにハマっているらしい。家でやると邪魔が入る、と言ってわざわざ店までやってきて作っている。

横にいる小島はというと、カレー味のカップラーメンを食べている。事務所に匂いが充満していた。ただでさえ換気の悪い狭い事務所で匂いのきついものを食うか？　そういう配慮のなさが、こいつらのいけないところだ。

「アヤの写真集なんだけど」

「買わんよ」

吉行がプラモ作りの手を休めず、即答した。

「僕も買いません」

小島が続けた。自分に振られる前に牽制《けんせい》したらしい。

「めちゃかわいいじゃないですか、眺めているだけで満たされた気持ちになるじゃないですか」

島尾はへりくだった。もうこうなったら、こいつらの無駄金を引きだしてでも売らなくてはならない。

「あんまタイプじゃない」

吉行が答える。

「現実の女の子、興味ないんで」

小島が返答しづらいことをのたまった。

「小島くんはあれだもんな、百合《ゆり》が好きだもんなあ」

「男って汚いじゃないですか。いいですよ、百合、尊いし。百合の漫画にでてくる壁になって、ずっと綺麗《きれい》なものを見ていたいです」

「自分が存在しなくていい、と」

「そうですね。僕、汚いんで」

大きな音を立てて麺をすすった。たしかに意地汚い。

「俺はやだな～」

くだらないことを二人は言い合っていた。

「わかりました……。こうなったら……、涙をのんで許します。水着も見せパンもありますから、写真集、いろいろ使ってくれてもいいです！」

屈辱である。

「なんじゃそら」

吉行がやっとプラモから目を離した。

「島尾くんは、あのアイドルのいったいなんだ。親か」

「親がわざわざ娘をオカズにしてくれなんて言わないでしょ！　僕は……」

言葉が詰まった。

結局、自分はいったいアヤのなんなんだろう。

たしかに、自分のことを蔑《ないがし》ろにして、アヤのために行動している。しかし彼女に認知されているのか、怪しい。

遠藤《えんどう》が事務所に入ってきた。大事そうに本を抱えている。

「なにやってんすか。事務所の外まで声聞こえてますよ」

「いつものことなんで」

吉行が言った。平気の平左《へいざ》、らしい。

「まあいいんすけど」

遠藤は本を読みだした。

「なに買ったの？」

吉行が訊《たず》ねると、遠藤はブックカバーを外してみせた。

「都市伝説の新刊です！」

「遠藤くんは好きだねえ」

吉行は呆《あき》れていた。

「いや、めっちゃ売れてますからこのシリーズ」

たしかに帯にでかでかと累計十万部突破！　と書かれている。羨ましい。

「どうすりゃ写真集売れるんでしょうかねえ」

大した案もでないとわかっていたが、島尾は皆に訊ねた。

「脱いでたら買うかもね」

「あー。島尾さんがゴリ押ししたやつっすか」

遠藤がぽん、と手を叩《たた》いた。

「そう」

島尾は力なく頷《うなず》いた。

「写真集なんてファンしか買わんでしょ。そもそもファンが少なかったということでわ！」

遠藤の言葉に、ぷっ、と小島が吹いた。

「訊《き》いて損した」

舌打ちをして、島尾は事務所を後にした。

一階のレジで庄野がいつもの面構《つらがま》えで突っ立っていた。立ち読み客ばかりで、誰も本を買おうとしないらしい。

「遅かったね」

庄野は肩を回した。カウンターには図書カードをすぐ包めるようにと折られた包装紙が大量に出来上がっていた。暇すぎたようだ。

「すいません」

自分の言葉に覇気がないことに、島尾は気づき、慌てた。

「めちゃいいと思うんだけどなあ」

レジから男性誌のコーナーを見つめ、島尾はひとりごちた。

そのときだ。

女子高生がアヤの写真集を手にした。よく店で見かける女の子だった。この子、女ヲタだったのか？　他よりドンと、二面で積まれているから気になったのだろうか。

スタイルブックとしても活用できること間違いなし！　なんとか！　気分はもう通販番組の司会者だ。

島尾は女の子を凝視した。買ってくれ、買ってくれ……。彼女は写真集を手にして、レジのほうに向かってきた。

やった！

島尾が思わず「どうぞ」とまだ遠いというのに声をかけると、女の子は立ち止まり、くるりと背を向けて、写真集をもとの場所に置いた。

「なんだ？」

庄野が怪訝《けげん》な顔をした。

「あっ……」

島尾は悟った。

レジに庄野がいるのだ。だから彼女は買うのをやめてしまったのだ。庄野さん、なんてことをしてくれるんだ。島尾は恨みがましい目を隣に向けた。

「彼女のなにがいいんだ？」

突然、庄野が写真集の置かれている場所を指差して、言った。

「なにがって、めちゃくちゃかわいいじゃないですか」

「他にどういうところがいいんだよ」

それは認める、でもかわいいくらいじゃ人は金を払わないだろう。庄野はいつもの真面目くさった顔だ。

島尾はまるで説教をされているみたいな気分だった。

「え？　いま僕、怒られてますか？」

まるでわからない。

「きみがあの子をいいと思っているところはかわいいとか胸がおっきいとかだけじゃないだろ。前に僕に話したみたいなことがあるから、いいんだろう」

前になにを庄野に言ったのか、島尾は覚えちゃいなかったが、

「そうですけど」

と答えた。

「だったらそれをきちんと伝えなくちゃわからんし、興味を持ってもらえないだろ。そもそもパッと見だけなら世の中にはかわいい子なんてゴキブリくらいいる」

「ゴキブリって」

「ゴキブリはだいたいどれ見たってゴキブリだろ。興味のないやつからすれば、人だってよくいる同じもんだ。まあ虫よりは違いはわかるかもしれないけれど。きみだって、そこらへんによくいるボンクラな大学生だ。それ以上でも以下でもない。これはきみの自尊心を傷つけるために言っているわけじゃない。きみはお客さんをお客さんとしか見ていないだろうし、僕のこともよくいるおっさんとしか思っちゃいないだろう」

よくいるなどとは思っていない。どっちかといえばなかなかいない、希少種だと思っている。

しかしそう返すのを島尾はためらい、庄野の話の続きを聞いた。

「本屋ってのはなにを売っていると思う？」

突然の話の変化に島尾は顔をしかめた。

この人も話をコロコロ変える。

「そりゃ、本でしょ、あと文房具」

「人間に一番必要なものを売っているんだ」

「はあ？」

「いろいろなジャンルの本がある。漫画も料理も占いも世界情勢も金儲《かねもう》けの仕方だって、そのときに人が興味を持つ最新のもの、定番になってずっと読み継がれているもの、そういうものを置いている。つまり、本屋っていうのは、世界で一番大切な場所なんだ」

そんなの、食わなければ人間は生きていけないし、病気になったら薬だって必要だ。そんなものよりも本を売るほうが必要なことだなんて、おかしいじゃないか。

パンがなければ本を食えってか。民衆に処刑されるぞ。

島尾は反論したかった。でも口にすることができなかった。

口にしてしまったら、では自分はなぜ本屋で働いているのか、という根本的なところに達しそうだった。

接客業が嫌ならば、別の仕事をすればいい。なのに、働いている。多分ここで働くことに、自分がまだ言葉にできない、意味がある。でもまだ見いだせない。

　爽快堂で働いているのは、夜十二時まで開いているからだ。深夜のアルバイトにそのまま行ける。繋《つな》ぎにちょうどいいから。あとは……。

「この店にお客さんがくるのは、ここのチョイスが面白い、あるべきものがきちんと置いてあるとお客さんに思ってもらえているからだ。遠くからでもきてくれる、ファンだっている。先代の店長がかなりの目利きで、界隈《かいわい》じゃ有名人だったからっていうのもある。その遺産で僕らは食わせてもらっているというのもある。阿川さんはきちんと先代の遺志を受け継いで、売れるものだけでなく、置いておかなくてはならないものをちゃんと棚に入れている。朝番のみんなは品出しだをするとき、そういうことを、頭でだけでなく、身体で理解している。僕たちは彼女らがきちんと並べたものをサポートするのが役目だ」

　これでは写真集をどうするかじゃなくって、朝番を持ちあげているだけじゃないか。

　お客がやってきた。カウンターに放り投げられたのは、アニメ化された異世界転生小説だった。

「カバー」

　お客が言う。「してください」と添えるのも煩わしいらしい。

　島尾はブックカバーをこんなふうに横柄に頼むやつを憎んでいた。

　客は虚《うつ》ろな目をしていた。店で買い物をしているのだからお互い愛想良くできないものだろうか。こちらは笑顔を向ける準備をしているっていうのに。なにもかもが面倒くさいと思っていそうだ。

以前遅番のみんなと話したことがある。

「態度の悪いやつになんてカバーをつけてたまるか」

そのとき誰かが言った。

自分の人生がつまらないからって他人に嫌がらせをしているようにしか思えない。レジにいる店員を人間と思っちゃいないのではないか。それとも金をだしたら神さまのつもりなのか。

客は引ったくるようにして本を受け取り、さっさと去っていった。

「僕は正直、お客さんがどんな態度であろうと気にならない」

庄野が言った。

島尾が不快な顔をして接客していたからそんなことを言ったのだろう。

「本を買って、楽しみたいと思っている人に、悪い感情はとくにない」

「あんなでもですか」

「本でも読まなくちゃ、やってられないのだろう。その気持ちはよくわかる」

クレームや面倒なことを客に吹っかけられても、たしかに庄野は気にしない。どうでもいいのだろうと思っていた。

「本屋は言うなれば、世界みたいなものってことだ。だから、本屋で働くということは、とても大事なことだ。店全部で、世界を表現しなくちゃならない」

庄野は話を戻した。

「はあ」

「阿川さんたちは柔軟な人たちだよ。寛容だし。まあ自分の好みの棚をやたらと充実させるきらいはあるけどな」

庄野が顎で示す。

実用書の将棋コーナーはたしかに気合が入っている。遅番の連中は一切興味がないから、「趣味丸出しでやっているんじゃねえよ」と文句のタネにしていた。

結局そこで話は終わった。閉店一時間前になり、しなければならない作業をこなさなくてはならなかったからだ。

4

その日の営業を終え、シャッターを閉めた途端、島尾に向かって庄野が訊ねた。

「この写真集の宣材、どこにある？」

庄野は写真集の前に立っていた。写真集を手にしている。

「どこって」

「これだけ発注したんだ。出版社がポスターとかパネルを送ってきたはずだ。ここの出版社は、店に毎月営業にきている。そのぐらいの気は利かせるだろう」

庄野は棚下にあるストッカーをあけた。

「それは……」

島尾は返事に窮した。言うべきか、言わざるべきか。知らぬ存ぜぬで突き通すか。

「なに」

庄野は顔を島尾に向けた。

「家に持って帰りました」

庄野の目つきの鋭さに、白状してしまった。

「宣伝物を持ち帰るのは禁止だ。きみは純粋にこの娘《こ》のファンらしいから、転売なんて愚かな真《ま》似《ね》はしないだろうが」

「はい」

「なにがあった」

「ポスターとポップです」

「いますぐ家に帰って持ってきて」

そしてアヤの写真集を手にし、ビニールをビリビリと毟《むし》りはじめた。

「なにやってるんですか！」

その奇行に島尾は声をあげた。

出版社がつけているビニールを破くのはご法度だ。商品として売れなくなる。よくわかっているはずだろう。

「これは僕が買う。中身を確認する」

庄野は写真集をぱらぱらとめくった。

「透明感がある」

しばらく眺めてから、言った。

「はい？」

「流し読みの感想で、紋切り型になってしまって申し訳ない。この子は透明感がある。そして表情が豊かだ。笑顔にいくつもバリエーションがあり、見飽きない」

「そうなんです、そうなんですよ」

突然の庄野の牧村綾評に驚きながらも、島尾はうんうんと頷《うなず》いた。

「それに見てくださいよ、ここ」

島尾は写真集のページを探した。アヤにも伝えた高原での写真だ。

「すごくよくないですか？　なんていうか……」

「なに？」

「なんていうか、すごく、いいです」

「言葉を尽くして表現して。今から百個、この娘のいいところを挙げて」

いつものしかめっ面で言った。冗談のつもりなのか判断がつかない。いや、きっと庄野は大真面目だ。

「まだ閉店してないの？」

階段から声がした。吉行である。

「いいところにきた。みんな、この写真集を見ろ」

続いて降りてきた小島や遠藤は、なにが起きているのかわからない、といった顔で庄野を見た。

「なんか、普通じゃないっすか？」

想像通りの横柄さで吉行が言った。テンプレすぎて、言い返す気も起きない。

「じゃ、その普通をどう表現する。普通ってことは大衆的でなじみがあるということだろう。そんな彼女の普通の良さを、教えてもらおうか」

「は？」

なんで俺が、という顔を吉行は向けた。

「朝番がくるまでに、百個、この写真集のいいところを挙げよう。それから島尾くんがポスターを持ってくるから、大きくコピーをしてパネルを作る」

「今日俺用事があるんで」

吉行が写真集を庄野に突き返した。

「だったら五人で割って、二十個。美点を挙げられたのなら帰っていい。それまでは、この店から一歩もださん」

「パワハラだ……」

小島が肩を落とした。抵抗しても無駄だと諦めているらしい。

「努力友情勝利、きみたちが一番好きなやつだろう。いまこそ、その熱い想《おも》いを発揮してもらおうか」

庄野が四人に向かって宣言した。

「もし手伝わない者がいるのなら、そいつは今後事務所で遊ぶのを禁止にする。きみたちのスマホ、ゲーム機、パソコンの充電も禁止。見つけたら即没収。この店はかつかつなんでな。遊びに使わせる電気代などない」

さ、みんなでじっくり見なさい。写真集を吉行に押しつけ、庄野は三階へあがっていった。

「なんだあれ、先公かよ」

遠藤が小さく舌打ちした。

「島尾くん……」

恨めしげな顔で吉行が睨《にら》んでくる。

「一度家に帰って宣材もってきます……」

島尾は階段を駆けあがった。

「あんたたちなにしてんの」

声に起こされた。島尾は事務所のテーブルに突っ伏していた。

阿川が立っていた。

「まさか、ここで寝てたの？」

阿川はあたりを見渡した。吉行が床に寝っ転がっているし、小島が段ボールを敷布団にして縮こまっていた。

「すみません……」

島尾は目を擦りながら謝った。時計を見ると朝八時だ。

「仕事が終わったらすぐに帰りなさい、まったく」

阿川はジャケットを脱ぎ、エプロンをつけだした。

「ゲームしてたんじゃないでしょうね」

「違います」

島尾は首を振った。あれを、どう穏便に、説明したらよいのだろうか。

「なにしていたのよ」

「それは……ですね」

庄野を探したが、事務所にはいない。

テーブルにメモがあるのを見つけた。

『庄野、帰って寝ます』

朝番に説明してくれないんかい……。島尾はメモを握りつぶした。

「新刊あけなくちゃいけないんだから、邪魔よ。さっさと帰りなさい。なんなら手伝ってくれてもいいけど?」

阿川が事務所からでていった瞬間、ぎゃあ、という悲鳴が聞こえた。

島尾は事務所を飛びだした。

「なにかありましたか?」

尻もちをついている阿川の先に、うつ伏せになって倒れている遠藤がいた。

「なんなのよあんたたち……」

阿川がわなわなと震えている。

「すみません、すぐ帰ります」

島尾は遠藤を無理やり起こした。

「おはようございまーす」

声が聞こえた。

「ちょっとなにが起きてるんですか、事件ですか？」

朝番の安岡《やすおか》だった。自分に関係のない問題を楽しんでいるらしい。

「バカが店でどんちゃん騒ぎしてたの」

歯軋《はぎし》りする阿川の顔を、島尾は見ることができなかった。

「ちゃんと説明しなさい」

「実は……」

島尾は目の前で鬼の形相と化している阿川の顔から逃げるように、下を向いた。

「はやっすー」

吉行が目を擦りながらやってきた。

阿川が吉行を睨みつける。

「いやあ、ちょっと本気だしちゃいました」

吉行はまるで、手柄をあげた、といったふうだった。

「本気？」

「ええ、これでめちゃくちゃ大ヒット間違いなしですよ」

一同は一階へ降りていった。

「なにこれ……」

写真集コーナーに、ポスターを拡大し作ったアヤの等身大パネルがあった。そして、まるで文化祭だか子供のお誕生会のようにペーパーフラワーがあしらわれ、でかでかと『アヤちゃん写真集発売中』と書かれている。

「この付箋なによ」

アヤの周りには、『かわいい』『演技がうまい』『表情が豊か』などと褒め言葉の書かれた付箋がいくつも貼られていた。

「お客さんに、アヤのこと知ってもらおうと思って、百個アヤちゃんのいいとこを書きました」

島尾は言った。

「調子に乗って百八、煩悩の数だけ書いたけどね」

腕を組んで偉そうに吉行がのたまう。

「しまいにはさすがになにも思いつかなくって、『ほっこりする』とかつまんないこと書いちゃったけど」

褒め言葉を捻《ひね》りだすために、何年ぶりかに辞書を捲《めく》った、と堂々と言った。

「誰の許可を得てこんなことしたの……」

カオスなコーナーを前に、阿川が言った。

「それは……」

島尾は握っていた庄野の置き手紙を開いた。文章に続きがあった。

『朝番には僕が指示したと言うように。』

「あの……」

「すごい、これ……ちょっと感動したかも」

声にみんなが振り向く。

安岡だった。謎のコーナーにスマホを向け、ぱしゃ、と撮影した。

「これだけアクの強い飾りしたら、話題になるんじゃない？」

主婦の安岡が、意外にも好反応を示した。

阿川は、写真集の飾りつけをまじまじと見た。

「やばいファンがいる店、って話題になるかもしれませんよ。ＳＮＳにあげたの？」

安岡が遅番連中に言う。

「まだ、です」

島尾が答えた。

「あなたたち、詰めが甘いわねえ。せっかく頑張ったんだから、ネットで自慢しなさいよ。オープンしたら全員投稿して。やばいとかキモいとか、あなたたちの口癖を書いてさ」

「キモくねえし」

吉行が口を尖《とが》らせる。

「気持ち悪いから、これ。ほんと、いい意味で。気持ち悪くて……、なんか愛おしい？」

安岡は引かなかった。「いい意味で」と付け加えれば、なんだってチャラになるとでも思っているのだろうか。

「これで売れなかったら、速攻外すわよ」

阿川は狂気のパネルを睨みつけながら、言った。


たしかに安岡の言った通りだった。その謎に熱量の漲《みなぎ》った飾りつけは、ＳＮＳに投稿すると、少しだけ話題になり、まとめサイトに取りあげられた。

コメントには『運営なみにセンスゼロ』『ファンのレベル低』『職権乱用ウザ』と散々なことを書かれていた。しかし、レジにいた者の話によると、写真を撮っていくお客が何人かいたらしい。

少しずつだが、アヤの写真集は売れた。

島尾がレジにいるときだ。レジに写真集が置かれたとき、島尾は息を呑んだ。

買ったのはサラリーマンの男だった。世の中がつまらなくて辟易《へきえき》している、といった態度だった。

見覚えがある。そうだ、こいつ、いつもアヤの列に並んでいる、トカゲを頭に載せたおっさんだ。

島尾は握手をしたい気持ちだった。できなかったから、両手でお客の手を包むかたちをして、おつりを渡した。

おっさんは、妙に親しげな笑顔の島尾を訝《いぶか》しげに見て、さっさとを店からでていった。

5

島尾はだいたい昼過ぎに目を覚ます。深夜のアルバイトを終えて、部屋に戻りそのまま寝てしまう。

あといくつかの単位を取得すれば、どうにか卒業できる予定だ。

島尾のモーニングルーティーンは、枕元に置いてある目覚ましがわりのスマホで、アヤの所属するグループのまとめを確認することだった。

「嘘《うそ》だろ」

島尾以外誰もいない部屋で、誰にも聞かれなかった言葉は、空中にさまよう。タバコの煙のように、天井付近にしばらく溜《た》まっていたのではないか。

運営のブログに発表があった。

アヤが活動をしばらく休むという。

いったいなにが起こったんだ。布団から飛びあがり、狭い部屋をウロウロと回った。緊急事態だ。

掲示板にコメントしている連中はアンチばかりで、『なにかやらかしたな』などと書いてあった。

アヤのＳＮＳも更新されていない。

結局気持ちの持っていき場所を見つけられないまま、スマホで情報を収集し続けた。誰もが不安を表明し、憶測を語っていた。

夕方だった。爽快堂へ向かう途中、週刊誌のアカウントが速報、と銘打った。人気俳優がお泊まりをしたという。

そんなどうでもいいこと、まったく興味がない。そもそも島尾は若手俳優なんて興味がない。バラエティ番組にでたって、うまいことの一つも言わないし、自分の容姿にあぐらをかいているような連中だと思っている。

遠くの火事より、こちらの非常事態の全容を把握しなくてはならない。

若手俳優とお泊まりしたのが、某アイドルグループのメンバーだという。

「嘘だろ」

相手がアヤだったことが判明したのは、それからすぐだった。

「あー、ちゃんときた」

爽快堂の事務所に入ると、店長が開口一番、島尾を見て言った。

「なんですか」

どういう意味なのか察しはついた。

「島尾くんが応援していた子、問題起こしちゃったもんねえ」

平均的なそのへんによくいるおじさんである、店長にまで認知されたということは、良くも悪くもアヤの名前はメジャーになったということだろう。

「いやあびっくりした。なんか見たことあるなあ、って思ったら、うちの店で祭壇作って崇《あが》めてる、写真集の子だったとは」

安岡曰《いわ》く、『古代人が偶像崇拝を始めた瞬間を目の当たりにしたような気分にさせられる』だ、そうだ。

有名になることを望んでいたとはいえ、こういう形で世間に見つかってしまったことが、島尾は悲しかった。もっと、「一万年と二千年に一人の美少女」とか、そういう方向がよかったのに。そして、自分より後からファンになったやつを、にわか呼ばわりしたかったのに。

事務所の奥にいた庄野は黙っていた。

「あの力作、どうする？　外す？」

店長に訊《き》かれても、島尾は答えることができなかった。

どうしたらいいのかわからなかった。

「まだいいんじゃないですか」

庄野が口を挟んだ。

「別に、犯罪を犯したわけじゃない。めでたい話ですよ。恋愛は自由だし、なにも恥ずべきことなどしていない」

その言葉を聞いて、島尾は嘘っぱちだと思った。ファンはみんなショックに決まっている。アヤのファンだけではない、一緒に写っていた若手俳優のファンも怒りに打ち震えているに違いない。庄野はわかっちゃいない。

「でもさあ、スキャンダル起こしたタレントの写真集を大々的に売るっていうのもなあ」

たいして商品知識もない、腰掛けの店長だが、世間体が気になるのだろう。

店長の判断は正しい。

「牧村綾さんは俳優志望だそうです」

庄野が言った。

「へえ」

「昨年、出演した映画、観《み》させてもらいました。出番はあまりありませんでしたが、存在感があった。いい役者さんになるでしょう。今回のことは、彼女にとって芸のこやしになりますよ。もう少しだけ、展開してもいいと思います」

「そう？」

「はい」

庄野は力強く答え、立ち上がった。

「では、レジに入ります」

島尾は庄野の後を追った。

そうだ、と庄野が階段の途中で立ち止まった。

「『細雪』の妙子《たえこ》役なんてどうだろう」

「え？」

「彼女にぴったりだろ」

同意を求められても島尾は『細雪』を読んでいない。

「読みます」

「うん、いいな」

庄野は何度も頷いた。

「さっきはありがとうございます」

「なにが？」

「映画、観てくれたんですね」

「レンタル百円だったから。好きな芸能人、第二位にすることにした。黒木さんの次に」

「二推しですね……」

「そういうのは知らない」

庄野は先に歩いていった。

まったくメインでもなんでもない、チョイ役の映画出演だった。

よそのオタクに『エキストラ』とバカにされたし、興行収入だってたいしたこともなかった。

ファンの島尾の色眼鏡をかけた目にさえ、つまらなく映った。そもそもアヤが出演していたことを知っている人間のほうが少ない。わざわざ探してくれたのかもしれない。

「映画まで観てくれたんですね」

「だからレンタルが百円だったから」

「そんなこと言っちゃって、庄野さんなんだかんだいって」

「だから違う。知り合いが出演してたんだ。そうでなくては高校生がきゃあきゃあ好きだ嫌いだ友情だと喚《わめ》くだけの幼稚な話なんて金を積まれても観ない」

ひどい言い方だ。

言葉を尽くせ、と言った人間のくせに。雑な映画のあらすじに笑った。

「じゃあ、知り合いって誰だったんですか」

庄野の告げた名前に、島尾は目をひん剥《む》いた。

それは、映画で高校教師を演じていた俳優、それも主役だったからだ。

「なんで庄野さん有名人と知り合いなんだよ」

「嘘じゃないの？　あの人適当だから」

庄野が有名人と知り合いだということが判明して、遅番の連中は大騒ぎだった。

あれこれ話しているうちに、『街で見かけた芸能人』の話に展開していった。

彼らは話題を突きつめるということができない。

「でもさ、庄野さんっていったい何者なんだ」

足は無駄に速いし、キレたときの眼光は殺し屋みたいで。皆目見当がつかない。いつもは寝癖をつけてだるそうにレジに立っているだけだ。それに釣り銭間違いの常習犯だ。

「まあ、奇人だな」

話し疲れたらしく、吉行があくびをした。

「掘り下げないほうがいいってこと」

どたどたと階段をあがってくる音が聞こえた。

「島尾くん、きて」

小島が息を切らしながら言った。

「なに？」

「とにかく、下、下」

さっき慌ててやってきたというのに、静かに静かに、と人差し指を口に当てながら、小島は島尾を階下へつれていった。

アヤの写真集の前に、女の子が立っていた。帽子を目深に被り、メガネとマスクをしている。

彼女はアヤのパネルの周りに貼ってある夥《おびただ》しい数の付箋を読んでいるようだった。

すぐにわかった。

島尾は彼女を階段から、しばらくじっと、見ていた。

視線に気づいたのだろうか。

彼女は島尾のほうを向いた。

「お客さま」

レジから庄野がでてきて、彼女に話しかけた。

「これ、彼が作ったんです」

そう言って島尾を顎で示した。

彼女はお辞儀をした。

いつも島尾を迎えてくれたときの、満面の笑みではない。少々怯《おび》え気味《ぎみ》だった。店にいる人間のなかで、彼女だけに照明が当たっているみたいに、島尾には見えた。自分が好きだから、そういうふうに感じるだけなのかもしれない。

「お願いがあるんですけど」

彼女は庄野のほうを向いて言った。

「はい」

「写真撮ってもいいですか？」

「どうぞ」

庄野は頷《うなず》いた。

彼女がスマホを取りだし、何度かシャッター音を鳴らした。

「もしよかったら、一緒に写真、撮りませんか。このパネルと」

庄野は言った。

彼女は少し黙り、そしておそるおそる、

「お願いします」

とスマホを差しだした。

「島尾くん、撮ってさしあげて」

庄野が言った。

彼女は島尾にスマホを預けた。そんな無防備に人にスマホなんて渡しちゃだめだよ、と島尾は忠告したかった。いかん、説教厨になってしまう。

写メ会と同じくらい短く、さっさと写真を撮り終えた。

彼女は深く頭を下げ、店からでていった。

「島尾くん、なにか言わなくてよかったの？」

小島が寄ってきて、声をかけた。

「こんな機会、めったにないことじゃない？」

「大丈夫、伝えたいことは全部ここに書いてあるから」

島尾は言った。

翌日、牧村綾のグループ脱退が発表された。お芝居の勉強をこれからしていきたい、と前向きな言葉があった。

第三話

遅番仕事してください!

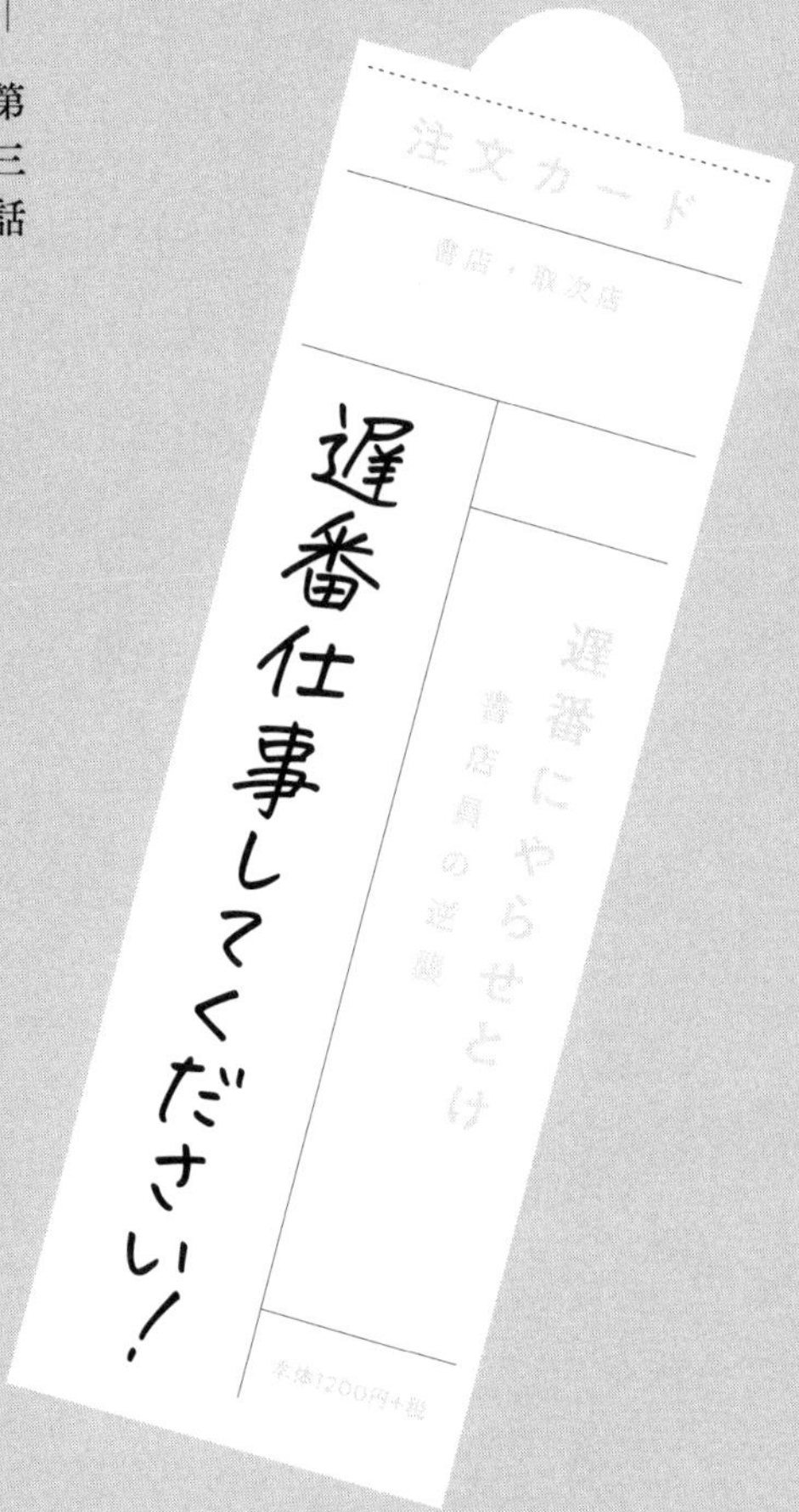

1

吉行夏男《よしゆきなつお》が爽快堂書店《そうかいどうしょてん》の事務所に駆けつけたときには、既に庄野《しょうの》はエプロンをつけていた。ギリギリ五時に間に合った。

庄野は吉行をチラリと見て、読んでいた文庫を閉じた。

「あいかわらず早いっすねー」

遅れそうになったことを誤魔化《ごまか》すため、吉行は照れ笑いを浮かべた。

庄野は面倒そうに、

「五分前にはきておいたほうがいいね」

と苦言《くげん》を呈《てい》した。

同じことを百回は聞いている。もっと早くにこいと言いたいのだろう。

「そうしようと思っていたんですけど、学校のミーティングがなかなか……」

結局言い訳を並べてしまう。

「ま、今日もなんとかしましょう、無理せず、無事に」

そう言って庄野は立ち上がった。

「ゴミ、ありがとうございます」

遅番のアルバイトたちは庄野以外、全員学生だ。学校の都合もあり、到着はぎりぎりになることが多い。なので、昼間なにもしていない中年フリーターの庄野が早めに店にやってきて、ゴミを片付けている。

朝に到着した商品を朝番たちがあけ、そのゴミを遅番が片付けることになっていた。

正直その「昔からの決まり」に吉行は不満だった。

五時から仕事、というなら五時きっかりに始めればいいではないか。

「前々から思ってたんですけど」

階段を降りながら、吉行は切りだした。

「なに」

踊り場で庄野は立ち止まり、振り返った。

「ゴミ片付けるの、五時過ぎてからで、よくないっすか」

打刻する前から仕事をするなんて、ブラックではないか。金を貰《もら》える時間に、すべきことはしたらいいではないか。

早めにこいというのなら、そう時間を設定してスタートさせればよい。そうされると、くることは難しいのだが。

「昔からの決まりだ」

庄野はきっぱりと言った。

昔から、なんて理由で納得はできない。理不尽だ。

「だってそれって」

「勉強する時間に、机の周りを整頓する時間は入らないだろう。事前に準備しておくことの何が悪い」

学校の授業で、テストにでるところを教わってから、慌ててノートを開いたって間に合わないだろう。庄野は続けた。

勉強って。

「それとこれとは違うんじゃ」

「同じだよ」

まったく聞く耳を持たないつもりだ。

人の意見を聞かないし、提案を取り入れようとしない。

こんなだから、正社員になれないんだよ、と吉行は内心で毒づいた。こんなしょぼい本屋で、夜のあいだだけ偉そうにしている、しょうもないおっさん。吉行にとって庄野は目の上のたんこぶだ。

「五時からのバトンタッチで僕らは朝番と入れ替わる。朝から働いているみんなをスムーズに帰らせるのは僕らの務めの一つだ。早く帰りたいのにレジ締めのときに計算が合わなくてああでもないこうでもないと悩んだらイラつくだろう。朝のみんなをイラつかせないことは、大事なことだ」

そんなことを偉そうにほざいているが、締めの際にたまに小銭の数があわないのが発覚して、誤差が起きたらしき時間帯にレジにいた者を確認すると、だいたい庄野だ。

だったら閉店してから面倒を起こすのもやめてほしい。

「でも朝番は……」

吉行は庄野に刃向かうつもりはない。できるだけストレスは少なくして働きたい。

「ところで今日はなにか面白いことはあったかい？」

いつものやつがきた。

「そうっすねえ、今日はうちのチームの発表があったんですけど、先生に褒められましたね。プロ顔負け、とかなんとか言われちゃって」

吉行の通う専門学校では、生徒たちでチームを組んで制作をしている。吉行はチームのリーダーとなり、取りまとめ役をしている。他の者たちはだいたいやる気がない。今日の発表だって、ほとんど吉行が喋《しゃべ》っていた。

クリエーターになりたくて入学したというのに、誰もが入学したことで安心してしまうのか、だらけてしまう。一年も経《た》たずして諦め、辞めてしまったり、学校にこなくなったりする。自分は絶対にそうならない。吉行は周りの空気に流されないように気をつけていた。

授業以外でも集まって、会議をしたりしなくてはならない。本日もそれが難航してしまい、バイトに遅れてしまった。

「それはただの自慢だな。別に人が聞いて面白いものでもないな」

庄野は言った。

年下の同僚が才能を褒められたのだから、よいではないか。まったく庄野は面倒臭い。

「いいかい、面白いことを見つけること、それが生きていく上で一番大事なことだ。そしてそれをきちんと周囲にシェアできなければならない。誰かにきちんと伝えることができて、やっとその面白は成立する」

庄野はよく吉行に言った。

理屈はわかるが、毎回顔を合わせるたびに気の利いたことを言わなくてはならないなんて、どうかしている。そんなもの、給料明細の内訳にない。

「連絡事項があったのを忘れていた」

レジに着いてから、庄野は言った。

最年長だから致し方なくやっているらしい。以前、

「俺が仕切りましょうか」

と提案したら、庄野は顔をこわばらせ、

「冗談にしては不愉快すぎる」

と顔をひきつらせた。

この男は俺がどれだけ仕事をするのが早く、できるやつだということを絶対に認めようとしない。

「今日は閉店後、棚替え作業がある。遅番のみんなは全員出席」

庄野は告げた。

「え？　棚替え今日でした？　明日じゃ……」

吉行は慌てた。イレギュラーな事態に対処するのが苦手だった。

「日付が変わってからの作業だから、明日ではあるな。〇時スタートだし」

しまった。

学校の作業にかかりっきりで、すっかり勘違いしていた。

スマホのカレンダーアプリには「居残り」と入力していたが、翌日の場所に表示されていた。

「朝からは阿川《あがわ》さんと小沼《おぬま》さん、粗相のないように」

粗相って。まるで遅番の勤務態度が悪いみたいではないか。

庄野は遅番のくせに、朝番に文句を言われても、遅番の味方をちっともしてくれない。

客が早く早くと煽《あお》るものだから、急いで書いた客注伝票を、読めないと阿川にケチつけられたときだ。

「ペン習字の本を買いなさい。どうせあとで役に立つものだし、就職活動に向けていまからやっても損はないだろう」

とまったく慰めるわけでも労《いたわ》ることもなく言われた。

朝番の犬だ。

そんなふうにしたって、どうせ、社員になんてなれないのに。

吉行は朝番に嫌われていると思っている。

だいたい朝番からクレームがくるのは吉行と遠藤《えんどう》の作業についてだった。

客注伝票の字が汚い、お客さまの電話番号が違っていた、などをよく注意される。しかもそれは吉行本人に直で伝えるのではなく、庄野経由で、だった。吉行がやってくる前に、阿川が庄野に苦情を入れる。

吉行はバイトがなくとも、夜、事務所でだらだらと過ごすことが多い。店の近所に住んでいる、亜美《あみ》のバイトが終わるまでの暇つぶしの場所にしていた。

なので朝番のクレームが、働いているとき以外にもやってくることがある。

「伝票を作るときは、自分がわかればいい、ではなく人に読ませるということを意識しなくてはならない」

「引き継ぎをするときは一度きちんと書いた文章を読み直して、相手に伝わるか確認したほうがいい。もし自分でわからないようなら、そこらへんで遊んでいる者に見てもらいなさい」

庄野に注意されるたびに、いちゃもんをつけてくる朝番の顔が浮かんで、ムカついていた。文句があるなら自分に直接言えばいいじゃないか。べつに庄野は遅番の保護観察官ではない。

「まったく、最悪だよなあ」

事務所で吉行は、まったりくつろいでいる同僚たちに愚痴った。

「でもま、吉行くんの字、まじで汚いけど」

島尾《しまお》がスマホを眺めながら言った。

「は？」

吉行は島尾を睨《にら》みつけたが、島尾は相手にしない。

「遠藤くんは字に癖があるタイプだから慣れれば解読できるけど、吉行くんのはなんていうか、古文のくずし字みたいなんだよね」

　同じくスマホを見ている小島《こじま》が言った。

　吉行が腹を立てているのに気づいたらしく、

「僕、古文苦手だったし」

　と小島は謎の言い訳をした。

「こういうときは『そんなことないよ』って言ってくれるもんなんじゃないのかよ。島尾くん、アイドルがなにしたって優しーく励ますだろ」

　吉行は酸っぱい表情を浮かべて言った。

　だが誰も見向きもしない。

「吉行くんアイドルじゃないじゃん。事実をありのままに言ったまでだよ。ていうかそろそろ戻らないと、庄野さん怒るんじゃない？」

　島尾が言った。

　庄野はレジでどうせいつものように、険しい顔つきをしているだろう。

「べつにさぼってねーし。俺は仕事が早いの」

　吉行はジャンルごとに仕分けをした伝票をひらひらさせた。

「暇になった時間があるなら別の仕事しろって言われちゃいますよ」

　小島が言った。

そういうところは小島がうまい。時間を決められたら終了時間きっちりに片付ける。

「言われたことだけさっさとやりゃいいだろ。給料おんなじなんだから」

そうだ。こちとら薄給で働いて「やってる」んだから。

「今日店長くるんだっけ?」

島尾が話を変えた。

「ああ、店長は棚替えの件ノータッチ」

売り場の配置を変えようと言いだしたのは、朝番の阿川だった。

三階建てのこの店は、一階が雑誌と文芸書に文庫、趣味実用。二階がコミックで、三階が学参と専門書となっている。レジは一階のみ、他の階にもカウンターの名残があるが、いまは階ごとにレジを置いて、スタッフを待機させる余裕はない。

昔はそんなに従業員がいた、ということか。いまよりもっと、本は売れていたのだろう。

最近はビジネス書の需要が高く、今回抜本的改革をすることになった。ビジネス書や資格書を一階におろし、文芸書と文庫を三階へと入れ替えることになった。一階の棚配置も変えるらしい。

「ま、時短になるわな」

吉行は自嘲気味に言った。

以前チャラついたサラリーマンがレジにやってきて、いきなり書名を告げた。売れ筋のビジネス書だった。三階にあると告げると、サラリーマンはレジ前に立ったまま、階段へ向かおうという気配もなく、スマホをいじりだした。取ってきましょうか、と言う気も起きず、無言で吉行はレジからでて、本を持ってきた。

会計を済ませてからサラリーマンが、

「時短になった」

と言って店からでていった。

時短。

その言葉に、吉行はなんともいえない気持ちになった。

はなから自分で探す気もない、他人任せのやつが自己啓発をしたところでどうなるのだ。お忙しいらしい時間を縫って、本当に読み通せるのか？

「そろそろモップがけでもすっかな」

吉行は肩を回した。

「いってらー」

遠藤が手をひらひらさせた。

まったく、こっちは働いて「やってる」のだ。本当は俺はこんなところにいるべき人間ではない。新作のフィギュアがほしいから、働いているだけだ。

庄野はいつもと変わらない風情でレジでブックカバーを折っていた。イースター島のモアイのほうがまだかわいげがある。おっさんにかわいげもくそもないが。

「十一時に阿川さんたちがやってくるので、移動する棚の乱れをメンテナンスしておいて」

庄野はハンディモップを吉行に渡した。

「別に入れ替えるだけなんだから、そんなことせんでも」

どうせ移動するのだから、そのときにささっとやればよいではないか。

「所定の位置にきちんとあるようにしておかなくちゃ時間が勿体《もったい》ない」

庄野はカバー折りを再開した。

イライラしながら、吉行は店の商品を整理し始めた。

吉行は自分の思い通りにならないことに、耐えられない。

学校の連中だって、期日までにやれと言っているのにできなかったりする。そして言い訳を始める。

現代は監視社会だ。できなかったと謝るやつがツイッターで、ソシャゲのガチャが当たったと大喜びしているのを見つけたりする。わざわざ自分から自爆しやがる。

棚は乱れていた。

本を元の場所に戻さず適当に置いていたり、まったく別のところに押しこまれていたりするのが散見された。

どいつもこいつもろくでもない。元の場所に戻しなさいと親にしつけてもらえなかったのか。

世の中のやつらはバカばっかりだ。

2

店を閉めてから、作業が始まった。

遅番の連中を固めると、おしゃべりをしてサボるとでも思われたのだろう。バラバラの場所に配置された。

気心の知れた者たちでやったほうが能率が上がるのではないか、と吉行が阿川に提案すると、

「もう決めたんで」

と一蹴された。

自分のほうが正しいし、間違っちゃいないというのに、なんでこんなに受け入れられないのか。腹が立つ。

吉行の隣は朝番の小沼である。

棚の文庫本を段ボールにまとめていく。

返品慣れをしている吉行はさっさと段ボールに文庫本を詰めていった。

「すごい！　早いですねえ」

小沼が賞賛した。

「こういうの、慣れなんで」

吉行は素っ気なく答えた。

「わたし、昼からだから、商品をだしたり戻したりってしたことないんですよ、レジばっかり」

ゆっくり丁寧に本を段ボールに詰めながら小沼ははにかんだ。

たしかに扱いに慣れていないらしい。そんなふうにバカ丁寧にしていたら、いつまで経《た》っても終わらない。

小沼は図書館司書になりたかったという。だがなかなか募集もなく、いまは爽快堂書店で働きながら、採用を狙っているそうだ。

「そうなんすね」

吉行は素っ気なく答えた。

なりたい職業に就くのは難しい。

吉行はゲーム制作会社に勤めることを希望している。まもなく就活の準備だってしなくてはならない。たまに学校の紹介で、手伝いをすることがある会社には、割と気に入られているようなので、このまま潜りこめやしないだろうかと、淡い期待を抱《いだ》いている。

「すごい、学生なのにもうプロなんですね」

自分のことを話すと、小沼が大袈裟《おおげさ》に驚いた。なんだかくすぐったい。

「いや、まだプロとかそういうのじゃないんで」

いちおう謙遜をした。

この店で初めて、自分のことを評価されたような気がした。

このゲーム、俺、関わってるんだよね、と遅番たちに教えても、あまりいいリアクションは返ってこない。

なかの人、には興味がないらしい。

「『ファミ通』で殿堂入りしたらやってみるわ」

と雑なことを言われた。なのでもう、みんなには自分のやっていることを教えない。毎日レッドブルを飲みながら、学校の課題やたまに頼まれる手伝いをこなしているというのに、周囲の人間は誰も褒めてくれやしない。


小休止しようと阿川がみんなに声をかけた。

「吉行くんいいじゃん、小沼さんの横で。俺なんて阿川さんの横だぜ。監獄にいるみたいな気分だよ。ちょっとでも気を抜いたら看守に射殺されそう」

一階にやってきた遠藤がぼやいた。

「別に」

「それに小沼さんかわいいじゃん」

遠藤が耳打ちした。

「そうかあ？」

たしかに、小沼はかわいいのかもしれない。

いま吉行が付き合っている亜美とは違うタイプだった。なんというか、亜美のように自分がかわいいと言われるのをなんとなく嫌がり、ネガティブな対応をするのとは違い、小沼は良くも悪くも自分に自信がありそうだった。容姿を褒められることにも慣れていそうだ。

さっき世間話をしたときも、その片鱗《へんりん》は窺《うかが》えた。

自分のことを嫌いになる人間なんていない、と思っているのだろう。

亜美はどちらかといえば、少しおどおどしているし、何度やめろと注意しても、口癖を直そうとしない。

亜美とは専門学校で知り合った。

「わたしバカだから」

というのが亜美の口癖だった。そんなことを言うのはやめたほうがいい、と吉行が注意しても、直そうとしない。

3

突然シャッターを叩《たた》く音がした。

「なんだなんだ?」

何度も叩かれ、さすがに危険を感じた。

庄野がやってきて、シャッターをあけはじめた。

「危ないですよ、変なやつだったら……」

吉行の言葉など気にもせず、庄野はあけた。

「ああ、よかった。あかりついてるから、まだやってます？」

軽く酔っ払っているらしい中年男が立っていて、親しげに庄野に声をかけた。

「もう閉店しています」

庄野がきっぱり言った。

「今日どうしても必要な本があるんだけど、この時間もうどこもやっていないでしょう。お願いします、一冊だけ、買わせてください！」

男は手を合わせた。

「もうレジを閉めてしまいました」

「カードで払うから！」

「そういう問題じゃないです」

こういうときの庄野は頼りになる。面倒なやつは庄野に任せておけばいい。しばらく放っておくことにした。

いつまでも男は引き下がろうとしない。

さっさとこの作業を終わらせたいというのに、いい迷惑だ。

「なにが必要なんですか」

食い下がり続ける男に根負けしたのだろうか、庄野が訊《たず》ねた。

吉行は驚いて振り向いた。

訊いてしまったら、会計までしなくてはならないではないか。店は営業時間外だ。朝一にこいと突っぱねればいい。

男が求めているのは、よりによって文庫本だった。藤沢周平《ふじさわしゅうへい》の『橋ものがたり』。

「それって……」

胸のあたりまで積まれている段ボールを吉行は見た。このなかにあるはずだった。

「実はいま棚の移動をしていて、商品が」

吉行が断ろうとすると庄野が止めた。

「見つけましょう、お時間いただきますが」

本気か。吉行は耳を疑った。

「ああ、助かります」

胸を撫《な》でおろす客を見て、少しは空気を読めよ、と呆《あき》れた。

どいつもこいつも自分がせっかく段ボールに詰めたというのになにしやがるんだ。

庄野はてきぱきと段ボールの中身をだしていった。小沼も手伝いだす。

吉行はバカらしくて、ただ黙って見ていた。手伝う気にもなれない。

「きみ、適当に詰めこんだな」

庄野は一気に何冊も本を掴《つか》んでは、背表紙を確認していく。

「これでは後で並べる者が迷惑だろう。もう少し人のことを考えなさい。早くたってこれでは迷惑だろう」

そう言われ、吉行はふてくされた。小沼の前で失敗を咎《とが》められたことも気に障った。

客のほうはといえば、好き勝手に雑誌コーナーで立ち読みをしだした。

いったい何様なんだ、こいつ。吉行は不愉快でならなかった。

遠くのほうで立ち読みしている女の子がいるのを見つけた。

店のシャッターをあけているから、まだ営業中だと勘違いしたらしい。

「ちょっと、閉店していますよ」

吉行が注意すると、女の子はこちらをちらりと見て、雑誌を閉じた。そしてすーっと店からでていった。

「まったく……」

さっき店に入りこんでいた女の子は、よく見かける娘《こ》だった。制服を着ていた。こんな時間まで出歩いていて、不良だな。補導されちゃうぞ。吉行は鼻を啜《すす》った。

「見つかりました」

庄野の声が聞こえた。

「ああ、あんがと」

さっきまでとうって代わって、偉そうな客の声がした。イラついた。

店をでてシャッターを腰のあたりまで閉めておこうとしたときだった。

「ヨシくん」

声がした。

「えっ」

店の前に亜美が立っていた。

「待っていたんだけど、今日残業だったの？」

「ごめん」

「ライン送ったんだけど」

吉行はスマートフォンを開いた。

『まだ仕事おわんない？　今日うちくる？』

送信されたのは二時間前だ。

まさか、店の前で待っているとは思わなかった。こんな時間に一人でシャッターの前に立っていただなんて。

「お店のなか、光ってたから、まだ働いてるのかなとは思っていたんだけれど、終わるかなあと思って。途中で西友で買い物したし」

ネギの飛びだしている、ぱんぱんに膨らんだビニール袋を、亜美は吉行の顔の前まであげてみせた。

「本当にごめん」

国道沿いは深夜でも明るく、車はひっきりなしに通っていく。酔っ払いのイキった叫び声が遠くで聞こえた。

なにかを察知したらしく、遅番の連中がどたどたと吉行たちのもとへとやってきた。

「どうしたの？」

そう問われ、吉行はばつが悪かった。

「なんでもない」

と答えた。

亜美がお辞儀をした。

仕方なく吉行はまるでふてくされたみたいに、「彼女」と亜美を紹介した。

これまで亜美を紹介したことはなかった。浮いた話のまったくない連中だったので、彼女がいると言おうものなら、詮索してくると思い、隠していた。自慢したいことはそこではない。

彼女、という言葉に、彼らは緊張しながら、挨拶をしだした。

同僚の彼女、とは、冴《さ》えない彼らにとって、やはりパワーワードらしい。

ひとしきり挨拶が済むと、とくに話すこともなく、妙な沈黙が起きた。

「どうかしたんですか？」

そう言って小沼がやってきた。

「あ、どうも」

小沼が亜美に挨拶をした。

べつに二股をかけているわけでもないのに、なぜか吉行は緊張した。なにも悪いことなんてしていないというのに。

変な空気が漂っている。

「お兄さん、ごめんね！」

客がやってきた。カバーがかけられた文庫本を手にしていた。

「どうも」

なにか最後に嫌味《いやみ》の一つも言ってやろうと思っていたというのに、この場の雰囲気のおかげでなにも言えなかった。

「じゃ、帰るね」

亜美はみんなに改めてお辞儀をして、歩いていこうとした。

「吉行くん」

声がした。遅番たちの背後に庄野が立っていた。

「送っていってあげなさい」

「いや、まだ仕事あるんで」

吉行は言った。

「仕事よりも、パートナーをきちんとおうちへ送り届けるほうが大事だ。なにかあったらどうする。夜道は危ない。どこにシリアルキラーが潜んでいるかわからん」

恐ろしく物騒なことを、冗談のテイスト一切なく、庄野は言った。

学校の用事で遅刻をしたり急に休むと、ひどく不機嫌になるくせに。それとパートナーって言葉のチョイスもどうなんだ。

「でも阿川さんに」

途中でいきなり早退したら、なんと言われるかたまったものではない。ただでさえ遅刻早退急な休みの常習犯扱いされている。

「急用ができたと言っておく。そもそも今回の仕事は強制ではない」

庄野が言うと、

「じゃあ僕らも帰っていいですか」

などと遅番の連中が言いだした。

「きみたちには送り届ける相手はいないだろう。無から有を生みだそうとするなんて、無駄なことはやめておけ。せめて世話になっている店に奉仕しなさい」

と庄野は言い捨てた。

じゃあ、と吉行は頭を下げた。亜美の腕を掴み、歩きだした。

少しして後ろを振り返ると、遅番たちがニヤニヤしながら見守っていた。

4

「まったくどいつもこいつも終わってるよなあ」

亜美の部屋に無事に到着し、床に寝転がってからずっと吉行は文句を垂《た》れ続けていた。

時計を見ると深夜の三時になろうとしていた。

学校にいる連中も使えないやつらばかりだし、爽快堂ではろくな評価を受けていない。

全員が俺をバカにしている。バカにするやつがバカ、とは言うけれど、世の中バカばっかりだ。

面白いこと？　あるわけないだろう。

もう発表で褒められたことなど遥《はる》か彼方《かなた》の出来事だ。

「ごはんどうする？」

亜美が台所から訊ねた。

「ん、なんでもいい」

吉行は適当に答えた。

「わたしバカだからわからないよ」

いつもの口癖だ。吉行は無視した。ラインが溜《た》まっている。それを見るでもなくあけ続けた。くだらない宣伝、どうでもいい世間話。

無音だった。

女の子の部屋で、ビーズクッションに頭を預けていると、緊張が解けてぐっと疲労が身体中《からだじゅう》に広がりだした。

もうなにもかも面倒だから、寝てしまいたい。

ほんとうに、世の中はバカばっかりだ。目を閉じ、眉間を揉《も》んだ。

「ぐえっ！」

いきなり何かが腹に打ちつけられた。

驚いて目をあけ起き上がると、腹にエビピラフの冷凍パックがあった。

「なにすんだよ……」

台所にいる亜美を、吉行は睨《にら》みつけた。

亜美は無表情だった。

「なに……」

「寝たいの？　食べたいの？」

亜美が言葉を被《かぶ》せた。

「どっちでも」

「作ったのに寝てたら誰が食べるの？　寝たと思って作らなかったら、起きてからまたなにか言うの？」

「言わな……」

「ヨシくんどんどんダメになってる」

「は？」

心外だ。よりによって、自分の彼女にそんなことを言われるだなんて。

「ヨシくんは才能あると思う。だから先生たちだってヨシくんを頼る。クラスのみんなはあまり頼りにならないし。でも、そのストレスを人にぶつけるのはやめなよ」

「ぶつけてねえし」

「ぶつけてる」

亜美は目頭を押さえた。

「わたし、ヨシくんのこと尊敬してる。頑張ってるし。でも、他のことは全部ダメ。いまのヨシくんは全然好きじゃない。今日学校終わって一緒に帰ったときも、電車でずっと愚痴ばっかりだったじゃない。わたし、それを聞くたびに、わたしがバカだから、そんなふうに扱われるのかなってずっと辛かった」

そう言われ、吉行は黙った。

亜美は鼻をかんだ。

「ヨシくん、本屋さんで怒られて、あいつらわかっちゃいないってずっとぐちぐち言ったり、お客さんの民度が低いとか言うけど、だったら辞めればいいじゃない」

「辞めたら金どうするんだよ」

穏便に済まそうと黙って聞いていたら調子に乗りやがって。

なに言ってるんだ、ふざけんなよ。吉行は思った。金がなかったらどうにもなんないだろ。

「お給料が安いとか適当な理由をつけて適当なことをするから。だから、他のスタッフさんが怒るんだよ」

「あいつらに言われたことやってるだけだし」

あいつらはなにもわかっちゃいない。

「そんなふうに人を見下しているの、全部わかるよ。とても失礼だよ」

ヨシくんは隠しているつもりだろうけれど、ダダ漏れだから。亜美は言った。

「仕事をこうすればいいって思うのなら、相手にもっときちんと伝えればいいじゃない。それじゃダメって態度でこられても、相手は反発するだけでしょう。それで周りに愚痴を言ったってなにも変わらないよ」

「だからあいつら頭固いから」

そんなことしたって無駄なんだ。なにを言ったって聞かない。

たかがバイトだ。最低限のことさえしていれば、文句を言われる筋合いはない。

「固いのはヨシくんだよ」

これからもずっと、わたしや家族にぐちぐち言っていくの？　そういうの、本当にやめて。わたしがバカだからなんでもふんふん聞いてあげると思ってた？　わたしがバカだからいつだってヨシくんに従ってくれると思ってた？　会うたんびに人の悪口しか言わないし、ツイッターでもずっと、みんなのことをなってないとかダメとか……。周りのせいで自分は辛いとか……、クラスのみんながどういう気持ちでそれを見てきたか考えたことある？　自分のことばっかりで、他人のことをまったく考えてないよ、ヨシくん。

涙ながらに訴える亜美に、でも、とか、それじゃあ、とか反論しようとしても、亜美は聞かず、一つ一つ言葉を吐きだしていった。

「面白いゲーム作りたいんでしょう？　だったら周りのことをちゃんと見よ？　ヨシくんみたいにできない人だって頑張っているんだよ。ダメだって切り捨てないで。時間がかかっても、みんなで作ろうよ」

「なんかあいつら言ってんのかよ」

吉行は言った。

なにもできないやつらが、悪口ばかり……。そういうところがダメなのだ。

「自分で聞けばいいじゃん。わたしバカだからわかんない」

亜美は俯《うつむ》いて、嗚咽《おえつ》しだした。

「その口癖、やめろよ」

吉行は吐き捨てた。何度やめろと言っても、亜美はやめようとしない。

お前だってそうじゃないか、なにも変わろうとしない。

「……バカじゃねえの」

吉行の言葉を聞いて、亜美が泣きながら睨みつけた。

「人のことバカって言うな！」


吉行は深夜の三軒茶屋《さんげんぢゃや》を歩いていた。

飲み屋はまだあいているし、至るところにコンビニエンスストアがあるから、人通りも途切《とぎ》れず明るかった。車もひっきりなしに通っている。始発までまだ時間があった。

なにもかもがけったくそ悪い。

こんなふうに深夜の街を歩くのなんて、いつぶりだろう。

コンビニに入り、たいして読みたくもない雑誌を立ち読みしてみても、内容がまったく頭に入ってこなかった。

こんなストレスばかりのアルバイトなんて早く辞めてしまいたい。学校だってさっさと卒業したい。自分が生き生きとしていられる環境に早く行きたい。

コンビニの雑誌の並びが乱れていた。女性誌も男性誌もごちゃ混ぜになっている。店員は直すつもりもないのだろうか。爽快堂でこんなになっていたら、庄野や阿川は黙っちゃいないだろう。

そんなことを思っているうちに、吉行の手は勝手にコンビニの雑誌コーナーを整理し始めた。もうこれは、習性みたいなものだ。なんだかんだいって、本屋バイトの根性が染みついている。

一通り揃《そろ》え、満足した。レッドブルを買おうと手にしたとき、財布がないことに気がついた。

事務所のロッカーに入れたままだった。

なんでこんな目に遭わなくてはならないんだ。

結局、爽快堂に戻ることしかできなかった。


裏口から店に入り、三階の事務所の椅子に座りこんだ。

店の方から、「重い～」と大袈裟な声が聞こえた。このまま財布を持ってでていってもよかった。みんなの話し声を聞いているうちに、いてもたってもいられなくなった。

吉行は売り場に向かった。

「あれ？　なんで戻ってきたの？」

段ボール箱を抱えて移動している遅番の連中が、驚いた表情で吉行を迎えた。

「ていうか、いまさっき彼女と別れた」

そう言ってから、自分は慰めてほしいのかもしれない、と思った。情けない。

「無事だったならよかった」

に、よろけそうになった。

庄野が持っていた段ボール箱を吉行に押しつける。本がぎっしりと詰まった段ボール箱の重み

「だったら手伝って」

吉行は目を逸《そ》らした。

「送ったんで」

吉行を見て、庄野が言った。

「なんでいる」

庄野が段ボール箱を抱えながらのぼってきた。

「迷惑だから騒ぐな」

に入らなかった。

それぞれ好き勝手なことを言った。そして、慰めてくれるどころか、吉行の悪いところをあげつらねだした。だから彼女に見限られたのだ、と。その通りだが、こいつらに言われることが気

「意味がわからん」

「あんなかわいい娘《こ》、これから吉行くん、付き合うことなんて多分一生ないよ?」

「どういうこと?　紹介されて一時間で破局?」

全員が声をあげた。

「はあ?」

庄野は言った。

無事だけれど、俺のほうが無事じゃない。ムカついている。

こんなふうに亜美とこじれたのは、庄野のせいだ。吉行は思った。

あのまんま一人で帰せばこんなことにはならなかった。今日棚替え作業など手伝わされなければ、なにも起きなかった。いつものように、あの部屋でまったりと過ごした、はずだ。

結局、悪いのは朝番だ。

「こんなことやったって売り上げあがんないだろうに」

吉行はぽつりと言った。

「じゃあ、どうしたら売り上げがあがるんだ？」

背後にいた庄野が訊《たず》ねた。

「ぜひ教えてもらおうか。きみの意見を」

庄野はいつもと同じく、つまらなそうな顔をしている。

「こんなことしたって別に売り上げなんてあがらないでしょ」

「だったらどうすれば売り上げがあがるのか、ご教示願おうか」

庄野は腹を立てているらしい。くだらないことを言ったら、八つ裂きにする。そんな目で吉行を見ている。

「俺に言われたって困るんですけど、ただのバイトなんで」

あんたと同じで。

ひねた子供みたいな態度で吉行は言った。

「棚を替えることで売り上げが変わるか否かは、僕だってわからん。だが阿川さんたちは現状をどうにかしようといろいろ試みているんだろう。この店の一員として、違うと思うのなら、他の案をだせばいい。バイトだの正社員だの関係なく、発言は自由だ。だが、とくにアイデアもないのに他人の考えを否定するのは思考停止のバカだ」

「バカじゃないんで」

「バカっていうのは頭が悪いからバカなんじゃない。考えもせずにつまらないことを言うやつをバカと呼ぶ。だったら考えなさい」

「考えなきゃなんないほど給料貰《もら》ってないっすから」

「レジを打って返品して掃除するだけが仕事だと本気で思っているのか？　いいか、僕らは労働力をこの店に捧《ささ》げて給料をもらっているんじゃない。その考えではいずれすべて機械にとって代わるとき、ネガティブな状態でシンギュラリティを迎えることになるな。路頭に迷うぞ。僕らは人生の一部を雇用主に与えて金を貰っている。働いている時間だって人生だ。人生をサボることができるか？　就業時間中にサボることは許さん」

なに言ってんだこのおっさん。お前だってレジに突っ立ってぼやーっとしてるじゃねえか。綺《き》麗事《れいごと》で誤魔化《ごまか》すなよ。

「シンギュラリティってなに？」

島尾の声がした。

「あとで検索しましょ」

と遠藤が耳打ちしているのが聞こえた。

遅番たちは困惑した顔で庄野と吉行を見ている。

「ほら、さっさと終わらせる」

庄野は手を叩《たた》いた。


「あら、帰ったんじゃなかったの？」

棚に本を詰めている阿川が、吉行に気づいた。

「用事済んだんで」

ふてくされながら答えた。

「そう」

阿川はとくに気にも留めない。

遠くで小沼も棚に本を詰めていた。

「庄野さんに、朝までに完成させなくてもいい、って伝えて。今日夕方、きてやるからって」

阿川は吉行を見ずに言った。

「休みなんじゃないんすか」

「家に帰って一度寝てから、またくるから。毎日時代小説を買いにくるおじいちゃんもいるし、できるだけ早く棚を完成させておかなくちゃ」

「お年寄り、階段あがるの大変ですよ」

レジにいきなりやってきて、書名を告げてふんぞり返っていたサラリーマンを思いだす。

「場所が限られているからね。在庫のデータがあるのなら、わたしたちがのぼればいいわ。いい運動になるでしょう」

運動なんかしたくねえよ、と吉行は思った。

「佐伯泰英《さえきやすひで》の新刊とかは一階に少し置いておいたらいいんじゃないっすか。入口のそばに。すぐ買って読みたいだろうし、三階から持ってくるのを待たせるのも悪いから」

時短、という言葉が浮かんだ。だが悪いニュアンスではない。

吉行が言うと、阿川がじっと吉行を見た。

「なんすか」

「いいわね」

そうしましょう。阿川が笑った。疲労が滲《にじ》んでいる。

「そういうアイデアは大歓迎よ」

だとしたら、動きの悪い地元本コーナーをどこか別の場所へ……と阿川があれこれ思案しだした。

三階にあがると、遅番たちは棚を文庫サイズに揃えていた。

「もうじき始発でるよねえ」

遠藤がぼやいた。

「帰りたい……帰って漫画読みたい……」

小島だ。

「帰ったらおとなしく寝なよ」

島尾が小島に言った。

「漫画読まなかったら一日が終わらないんです」

「小島くんは、死んでも、決して漫画を離しませんでした……、完」

遠藤も限界らしく空笑いをした。

どいつもこいつもつまらないことを言っている。

庄野は黙々と段ボール箱をあけていた。そしてどんどん文庫本を棚に詰めていった。

「あ行を見つけて端っこからやったほうがいいんじゃ……」

「大丈夫だ。僕の目に狂いはない」

庄野はどかどかと棚にさしていく。

「手伝います」

吉行が言った。顔をじっと覗《のぞ》きこみ、庄野は「頼む」と頷《うなず》いた。

たしかに庄野は的確だった。片手で掴《つか》めるくらいのまとまりを、多少ずらすだけで、作業は滞りなく進んでいった。

「すごい」

吉行が呆気《あっけ》にとられて言った。

「一段に入るだけの数と、この店の在庫がどれだけあるか、そして必要なもの、ランキングの高いものを優先して棚に差していく、それだけだ」

厳密にやりすぎては時間がかかる。あとで阿川さんがいじくるだろうから気にしたって無駄だ。まるではじめから棚に差さっていたものを入れ直しているかのように、庄野の動きは素早かった。

「まもなく朝の荷物がやってくる。それまでに終わらせる」

「さっき、阿川さんに、常連の爺《じい》さんたち、上にいくの大変だから、時代小説の新刊は一階に置いたらどうか、って提案しました」

そう言うと、庄野は吉行をじっと見た。

「なんすか」

表情を変えない庄野に怖気《おじけ》づき、吉行は訊ねた。

「いいアイデアだ。この店も、そして常連客もよく見ている」

庄野が頷く。そういうことは、いくらでも提案したほうがいい。

「シャッターを叩いたお客さん、息子さんが海外赴任することになって、朝出発するって言っていたよ」

「へえ」

「突然思い立ったらしい。自分の一番好きな本を、渡してやりたかったそうだ」

いつもだったら、あとで郵送すればいいじゃないか。ケチっているだけだろう、と吉行は斬《き》り捨てているところだった。

「よかったっすね」

「話を聞いているうちに無下にできなかった」

庄野は言った。

「次給料貰ったら、ペン習字の本買います」

吉行が言うと、庄野はわけがわからなかったらしく眉間を寄せた。

「就活近いし」

「ここぞ、というときの手書きは、綺麗《きれい》なほうがいいに決まっている」

ペン習字の本を買えと勧めたことを忘れているのかもしれない。

適当な男なのだ。

5

その日の新刊雑誌あけを手伝い、遅番たちは解放、ということになった。

「長い夜だった……」

島尾が伸びをする。

「なんか腹減りません？」

遠藤が言った。

「朝マックする？」

島尾が提案すると、遅番の連中は、いいね！　と賛成した。

「ホットケーキ食べたいです」

「いまなら全種類食べられるかも」

「まじでかあ？」

吉行以外の三人は大騒ぎをしていた。

「朝のみんなはまだ仕事。まもなく店長もくるんだ、騒がないように」

庄野が言った。

地下鉄の入口に、サラリーマンたちがどんどん入っていく。誰もがこれから働きにでかける。

朝七時。いつもなら吉行もまだ布団のなかにいる時間だった。しばらくすると目覚ましが鳴っても起きようとしない吉行を、母親か亜美が起こすことになる。

「吉行くんはどうする？」

小島が訊ねた。

「今日やめとく」

「お金ないの？　貸そうか？」

「彼女の家行ってくる」

いや、元彼女、と言い直した。

「ひゅ～、青春～」

なにもわかっていない遠藤が囃《はや》した。

「許してくれなくても、謝る」

そうだ、謝らなくちゃならない。

すぐに変わることはできないかもしれないけれど、きちんと亜美に謝らなくては。

自分も亜美も強情だ。お互い譲ろうとしない。これまではいつだって亜美が先に謝ってきた。

「わたしバカだから」

と言って。

亜美はバカじゃない。

バカな自分と付き合っているから、バカだと思ってしまっている。

自分はプライドが高い。相手より先に謝りたくない。

でも、それこそ無駄だ。

今日は初めて、自分から、先に謝ろうと決めた。

「朝マックを持っていってやればいい」

庄野が言った。

「金がないんで」

そう言うと、庄野は尻ポケットを探りだした。

おお！　とみんながどよめいた。

庄野がそんな優しさを見せるとは珍しい。

一同は庄野が財布から千円札をだすのに注目した。

「これを使いなさい」

「いや、貰えないんで」

吉行は首を振った。

「誰がやると言った。この金は僕がこの店で汗水垂らして稼いだものだ。本も買わなくてはならない。借金だ。今晩返さないと、毎日利子は増えていくぞ。十日で五割だな」

「カウカウファイナンスかよ……」

聞いていた遠藤が、肩をすくめた。

じゃあ、また。庄野はみんなに背を向けた。

「庄野さんもマック……」

島尾が誘うと、

「いまなら朝ドラに間に合う」

と言って、さっさと庄野は人に紛れてしまった。

第四話

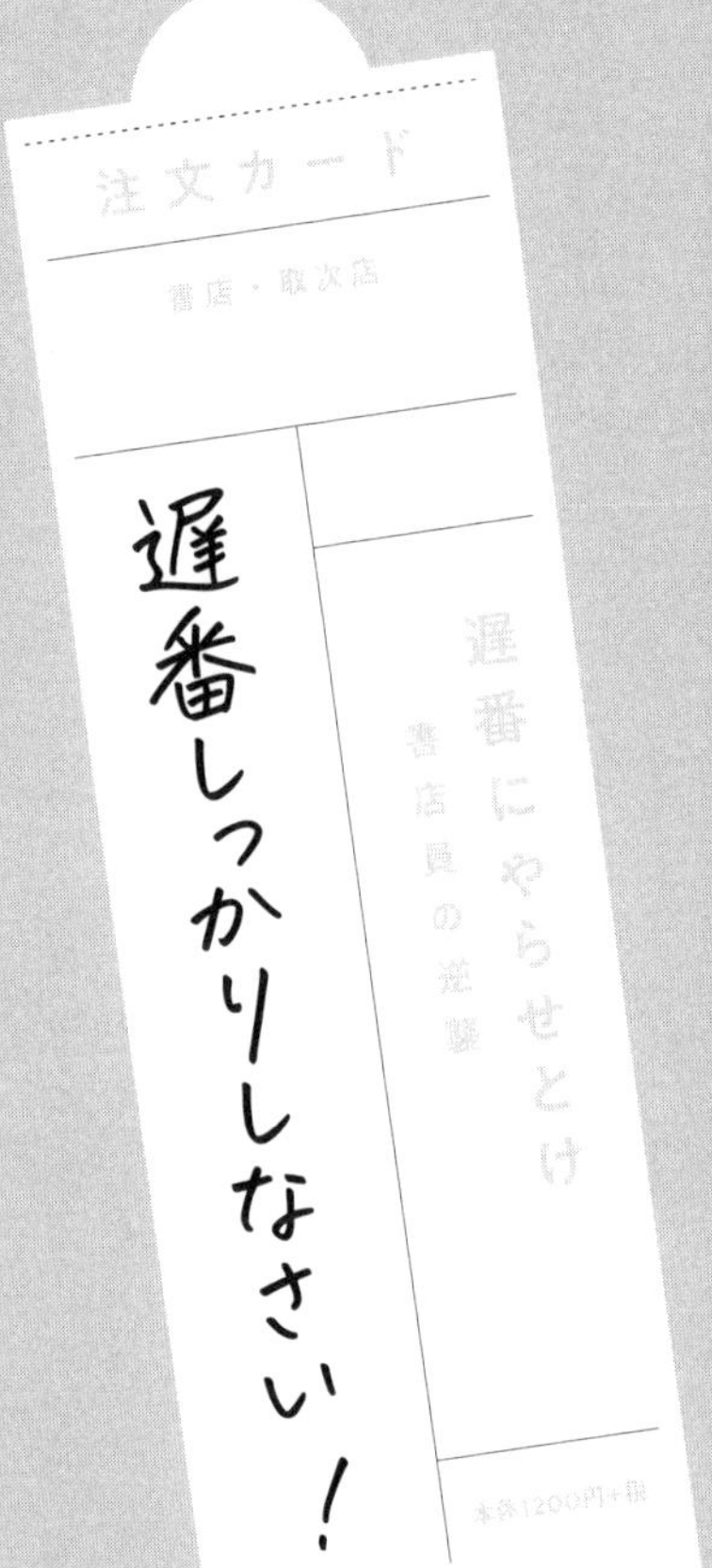

1

遠藤昇太《えんどうしょうた》は久しぶりに地元に戻っていた。

高校時代、そして浪人時代によく通ったファミレスは、なにも変わっていない。

「なんでまた本屋なんだよ」

地元の友人にそう問われたときだ。遠藤は笑いながら答えた。

「ほら、高校の先輩で山縣《やまがた》さんっていたじゃん、めちゃヤンキーだった、ガタさん」

ヤンキーしか地元にはいないのか、というくらいにヤンキーばかりだ。名産品だと言っても過言ではない。

生まれてからずっと都会で暮らしているやつらは、ボンタンを穿いて制服の裏地を改造したヤンキーなんて、もう漫画でしか存在していないように思っている。

バイトの同僚の小島《こじま》など、「絶滅危惧種ですか」などと真顔でほざく。

そんなことはない。二十一世紀、この「風の時代」にだって、確実に実在する。

「ガタさんが言ってたんだ。唯一バイトできたの、本屋だったって。結局研修期間が終わる寸前にクビになったらしいけど」

「本屋ってチョロいの?」

「まあ、普通かな」

ちょうどいい暇つぶし、くらいの感覚だった。

いま働いている、爽快堂書店《そうかいどうしょてん》は居心地がいい。

なんやかや同僚である遅番連中は、抜けてはいるがいいやつらだし、いまでは大学の友人たちよりも、遅番たちとつるむことのほうが多い。

大学生活はまだ三年もある。呑気《のんき》にバイトをしながら、東京の生活を満喫しよう、そう思っている。実はほとんど単位を取得できていない。きちんと四年で卒業できるのかは怪しいところだ。大学に入れただけでも奇跡だと親は喜んでいた。留年くらい目を瞑《つぶ》ってくれるだろうと楽観視していた。卒業はさすがにしなくてはならないと思ってはいる。

「地元の大学に進学するのなら、車買ってやる」

父親に提案されたとき、ちょっとだけ迷った。

なにせこのあたりの交通の便の悪さはひどいものだった。アシの重要性は骨身に染みている。コンドームを買いにいくのも一苦労だから、デキ婚が頻発するのだろうか？　と勘繰ってしまう。

だが車よりも東京での生活のほうが魅力的だった。

一人暮らし、というやつもしてみたかった。あくまで予定だが、彼女ができたときエッチする場所にだって困らない。

高校のときに彼女を部屋に連れこみ、ことに至ろうとしたとき、母親に見つかり大惨事となったトラウマだってある。大雑把《おおざっぱ》な性格だと人に思われがちだが、自分は意外とナイーブなのだ。

遠藤の地元は、ショッピングモールくらいしか遊ぶ場所がなかった。いまいるファミレスだって、ショッピングモールのなかにある。

「ていうかガタさん、このあいだ結婚したぞ」

「めでたいじゃん」

とにかくみんな、結婚が早い。

即子供を作り、人類の繁栄に貢献している。素晴らしいことだ。遠藤からしたら、そんなふうに人生を猛スピードで駆け抜けていくさまを、羨ましくも思う。

「お前、東京にいたから被害受けなかったけど、結婚祝いに金徴収された、三万円」

「ご祝儀か」

ずっと地元にいたら、くだらない上下関係に縛られ続け、逃げられない。それも、ここからでたかった理由の一つだった。

「奥さん腹がでっかくなっちゃっていて。披露宴は改めてするんだと。多分また徴収されることになる」

ひどい話だ。

心の底から、地元を離れてよかったと、遠藤は思った。

「金渡しちゃったら今月飯を食えない、ってごねたら、これ読めーって、本よこしてきてさ」

「本?」

長い文章を読むと頭が痛くなる、エロ小説すら無理、と言っていたガタさんが、本。

「結婚するにあたって真人間になろうと思ったんだと。昔クビになった本屋で買ったらしい」

友人がカバンから本をだした。

「これ……」

爽快堂でも見たことがあった。最近売れ筋となっている、結城翔《ゆうきしょう》という作者の書いた、自己啓発本だった。

「こういうの、ガタさんが読めるんだ」

おそるべき変化だった。遠藤は驚きを通り越してヒキ笑いを起こしてしまいそうだった。

あの人が読むくらいなんだから、全国的に売れているってことだろう。

帯には『死から舞い戻ってきた男が語る、人生大成功の法則』とあった。

「子供もできたし金もないしで、とにかく焦ってたんだろうなあ」

「読んだの、これ」

「パラ見した」

「どうだった」

「目が疲れる」

つまり、読んじゃいないってことか。

目次を開くと、「自殺しようとした私」「死後の世界で知った人生の神秘」などと物騒かつオカルトめいた言葉が並んでいる。

爽快堂で平積みになっていたものの、ビジネス書のコーナーに置かれていたので、手に取りもしなかった。

「面白そうじゃん」

遠藤は死後の世界はあるのか、知りたいと思っていた。

どうせ死ぬのになんで生きてるんだろう。

ずっと遠藤のことをかわいがってくれた、父方の祖父が亡くなってからずっと考えていた。もし死んでも、そこに祖父がいるのなら別に怖くないように思えた。

誰にも言ったことはない。

遠藤は周囲にはお調子者として通っていた。周りからウザがられることはあっても、嫌われることはなかった、と自負している。ヤンキー共にだって面白がられ、これといって外の人間関係に苦労したことはない。

遠藤には不思議に思えた。学校の教室ではいつでもあたりかまわず同い年の連中が騒いでいる。自分たちがいつか死ぬ、ということを本当にわかっているのだろうか。

誰もそんなことを、おくびにもださない。いまをただ楽しまなくては、と向こう見ずに喜怒哀楽を撒《ま》き散《ち》らしている。考えるのは無駄だとでも思っているかのようだった。「だるい」「死にたい」とわめきながらも、彼らは無造作に若さを発散させて、なにも怖くないとでも思っているかのようだった。

百年後には、ここにいるやつらは全員この世にいない。なんなら人類は絶滅しているかもしれない。遠藤はいつも思っていた。

人生なにが起こるかわからないから断言はできないけれど、通常モードで生きていれば、父も母も自分より先に死ぬのだろう。一人ぼっちになる。

人が恋をしたり、性欲を持て余したりするのは、その寂しさとか孤独をなんとか解消しようとしているのかもしれない。だから、家族を作る。

突然そんなことを思ったこともあった。

そう考えたら、なんだか悲しかった。人類の繁栄だの種の存続なんかより、ずっと寂しい発想だった。

目の前でかったるそうにメロンソーダを飲んでいる友人になど話せるものか。真顔でカウンセリングを予約するよう薦められるだろう。

「じゃ、やるよ」

友人が景気良く言った。

「いいのか」

「多分俺、読まねえもん」

友人はヤンキー漫画しか読まない。最近読んだ活字は、ＡＶ男優直伝の女の子を喜ばせるテクニックだと、自慢にもならないことを偉そうに言った。

実践できるかどうかはともかく、ライフハックを学ぼうという姿勢は評価してもよかろう。

誰もが興味のあることしか、しない。あるいは、仕方なしに、なにかしている。

「じゃ、ありがたく」

遠藤は本を自分のカバンに入れた。

たまにはこういうものを読んでみるのもいい。死後の世界のくだり、とても興味深い。


店に地元の土産を持っていくと、遅番の連中は飢えたハイエナのごとく箱に群がった。

「このマロン味ってのがうまそうだな」

吉行《よしゆき》はさっさと小袋をあけ、口に饅頭《まんじゅう》を放りこんだ。

「じゃあ僕はいちご……」

小島も袋をあけだす。

「いちごもいいなあ、小島くん、一口ちょうだい」

吉行が言った。強欲なのだ。

島尾《しまお》はさっさとチョコレート味を手にした。

全員、ありがとうの一言もない。お客には感謝を要求するくせに、まったく、ろくでなしばかりだ。

「ところで遠藤くん、なんで地元に帰ったわけ」

吉行が菓子を頬張《ほおば》りながら訊《たず》ねた。

「ていうか近いっすから」

遠藤はそらっとぼけた。

祖父の法事だったとは、言わなかった。

「行ったことないなあ」

小島が言った。

インドア派に見えて、小島はよく一人で国内を観光するという。旅館に泊まったら、自殺しようとしているのではないかと疑われ、従業員に要注意人物扱いされたと以前語っていた。どれだけ暗い、思いつめた顔をして歩いていたんだろう。

その話を聞いて庄野《しょうの》は、

「じゃあ自殺をしそうな不審な行動を取って煽《あお》ったりしてみたのか」

などと訊ねていた。

「そんなことできるわけないじゃないですか」

「できるできないの話でなく、するかしないかだろう」

庄野は意識の高いやつがほざきそうなことを偉そうに述べた。ギャグのつもりだろうか。はた迷惑なことをわざわざする必要もないだろう。

あの人はまったく理解できない。理解するつもりもないけれど。

バイト先で一緒に働いているおっさんに興味なんて持てるわけがない。庄野のことを、クレーム対応係くらいにしか遠藤は思っていなかった。

「なにが有名なんですか」

小島が訊ねた。

「滝とか、山とか神宮だってあるし」

挙げてみたものの、遠藤だってとくに思い入れもなかった。

「自然いっぱいなんだな」

吉行は興味なさそうに言った。東京にいるのが一番いい、フィギュアも買えるし、と続ける。

遠藤はとくに地元に対して愛着や誇りがあるわけでもない。「なんにもない」と思っている。

しかし人に雑なリアクションを取られると、少々腹が立つ。

自分と地元の関係は、複雑なものなのかもしれない。

「相変わらずなんもないとこでしたね」

遠藤は事務所をでた。

レジではいつもの無愛想な面持ちで、庄野が立っていた。

「お土産買ってきたんで、食べてください」

遠藤が声をかけた。

「さっき遠藤くんのお得意さんがきてたよ」

庄野が言った。

「今日はまだきていないって言ったら、なにも買わずに帰っていった」

「いつもいるわけないっちゅうのに」

遠藤はそう言いながらも、嬉《うれ》しかった。

店にあの爺《じい》さんがくると、つい調子よく相手してしまう。

「きみら、いつもこの店でたむろしているだろう」

「俺、昔っからジジイ転がしって言われてたんすよ」

庄野の言葉をスルーして、遠藤はふざけた。

お得意さん、というのはとにかくやたら問い合わせをしてくる爺さんだった。以前遠藤が接客したときに、気に入られてしまった。

爽快堂にやってくると真っ先にレジに向かい、遠藤はいるかと訊ねる。他の者が、「なにかお探しですか」と訊ねても、遠藤を呼べ、の一点張りだった。

「お年寄りに気に入られるっていうのはいいことだよ」

庄野が言った。

言葉に重みが感じられる。庄野はどちらかといえば、お客に（どころか従業員にも）恐れられている。

「なんでもはいはい赤べこみたいに首振っているから、便利使いされてるんすよ」

「きみは無駄に愛想がいいからな」

必要以上に愛想のない男が言った。

爺さんの問い合わせは正直面倒な部分もあった。

はじめ、週刊誌があるかを訊ねられた。

発売して数日経《た》っていて、面陳されている雑誌の上段に差しとなっており、「ラスト一冊でした」と手渡したら、できるやつだと勘違いされた。

次は新書、ムック、そしていつの間にか、店の在庫をすべて把握しているとでも誤解しているのか、曖昧なキーワードを並べて問い合わせてくるようになった。リアル謎解きでもやっているような気分だった。少ないヒントで必死に答えを探す羽目になる。

朝のラジオ番組で紹介されていた、とか有名な政治学者で、とか。それじゃわからないと弱音を吐こうものなら、学がない、もっと世の中に興味を持てとスパルタ気味に怒られる始末だった。

憎まれ口を叩《たた》いたものの、遠藤は、あの爺さんのことを嫌いではない。横柄でもないし、きちんと挨拶をしてくれる。本を見つけだすと大喜びしてくれるのだって気持ちがいい。

「ところで吉行くんが見当たらないんだが」

庄野が言った。

「事務所でお土産食べてます」

「あいつはすぐさぼる」

庄野は持っていたボールペンをカチカチと鳴らし、不満を表現した。

「いや、返品作業終わったみたいですよ」

まるでチクリを入れたようになってしまい、慌てて遠藤は吉行の肩を持った。

吉行はよく、「自分は仕事が早いんだ」とのたまう。だったらさっさと他のことをすればいいのに、そのつもりはないらしい。

「一つ作業が終わったなら、必ず報告をしろとあれほど……」

逃げるように、遠藤は店を後にした。

2

「11月25日18時〜、シフト募集」

シフト表に付箋が貼ってあった。

遅番たちはいったいなにが起こるのだろうか、と話し合った。

その日の出勤予定は庄野と小島だった。

「ていうことは俺指名かよ」

吉行は口をとがらせた。

「その日はとくに用事はないけど」

島尾は興味なさそうに言った。

「二週間後のことなんてわかんねえし」

いま学校で作っている作品が難航しているのだ、と吉行がこぼした。

「こられたらでいいんじゃない。どうせ暇だったら、ここに集まるんだし」

「それってタダ働きじゃんか」

「阿川《あがわ》さんにきちんとそのとき伝えたら大丈夫でしょ」

そう言われ、吉行は黙りこくった。

阿川とサシで話すのは、まだ苦手らしい。

「なにかその日にあるのかなあ」

島尾は考えこむ。

「また店の棚を大移動でもするんじゃねえの」

「混雑する時間だし、なにかイベントでもあるとか？」

「サイン会とか？」

遠藤は会話に参加せず、少年ジャンプを読んでいた。

「こんなぼろい本屋でするわけねえだろ」

そんなふうに二人が言い合っているとき、小島がやってきた。

「なにやってるんですか」

「シフト募集の日、なにがあるのかなって」

「ああ、なんでしょうね。面倒なことだったら嫌だな……」

小島は事務所のＰＣの前に座り、操作をしだした。

「そういえば、みんな面談のときに『感動した本』はなんて書いたか覚えています？」

プリンタから出力されていく音がした。

「なんだそれ」

吉行が言った。学校が忙しいらしく、いちいち言葉に棘《とげ》がある。

「バイトの面談をしたとき、アンケート書いたじゃないですか。志望の動機とかそういうの」

たしかに覚えがある。持ってきた履歴書に書いたというのに、改めて書かされた。たしか「最近読んだ本」とか「接客業の経験あり／なし」とか。

「なんだったかなあ」

「この前事務所で穴開けパンチが見つからなくて、引き出しをあけてたら、みんなの書いたアンケートがでてきたんですよ」

　小島が向き直って言った。

「へーっ、そんなの残してるんだ」

　吉行が興味なさそうに言った。

「そういう個人情報、厳重に保管するものじゃないの」

　島尾が大真面目に言い、

「厳重にするほどでもないでしょ」

　と遠藤は笑った。

「その程度の質問で俺らのいったいなにがわかるっていうんだと」

　こんなに使いものにならないモンスターアルバイトになるとは経営者側も思っちゃいなかっただろう。

「で、ゾッとすることがあったんですよ」

　小島は神妙そうな顔をした。

「暗号にでもなってた？　縦から読むとメッセージになるとか」

　吉行が茶化《ちゃか》した。

「字が汚くて読めなかったってことでわ」

各々が好き勝手なことを言った。

「感動した本、全員同じ本を書いていました」

小島が言った。

「なに、俺なに書いた？」

「吉行くん、雑だなあ。僕は覚えてるよ」

島尾が言った。

「ああ、ああ〜。活字の本のほうが好印象になると思って適当なこと書きましたわ」

遠藤も思いだした。

実は読んでもいなかったけれど、面接を受ける前に、レンタルビデオ屋でアニメのパッケージを見かけたので、なにも考えずに書いた。

「僕も読んだわけではないんですけど、昔映画を観《み》たなって思って、咄嗟《とっさ》に書きました。短い時間に書くなかで、ベストなチョイスだったと思います。抜け感もあって雇用主にも気に入られるのではないか、と」

「小島くん、計算高いね……」

遠藤は呆《あき》れた。

小島はなぜか照れている。抜け感の意味をはき違えている気がしたが、そこを掘り下げたところで話がぶれる。

「『ぼくらの七日間戦争』」

小島は意気揚々と題名を告げると、他の連中はそれを聞いて、ああ、と頷《うなず》いた。

「ＴＭネットワークな。ゲットワイルド」

「そっちじゃない、そっちはＸＹＺのほう」

「名曲だろ」

結局この連中の話はあちこちに飛ぶ。

遠藤が一階に降りると、庄野がレジで雑誌をひらいていた。珍しい。もし誰かがレジに立って本を読んでいたら、庄野は嫌な顔をする。

今日の庄野はどこか塞ぎこんでいた。いつも以上にやる気がないように見える。というかぼんやりしている。

カバーを勢いよくつけているとき、紙で指を切っていたと、さっき小島が話していた。紙の端は凶器だ。

切ったところから次第に血が溢《あふ》れるのを、庄野はじっと見ていたという。絆創膏《ばんそうこう》を渡してやらなければ、そのまま閉店するまで眺めていたのではないかというくらいに。

「戻しですか？」

お客が結局買わなかったんだろうか、と思い、遠藤は訊《たず》ねた。

「いや、これは僕が買う」

庄野はひらいていたページにしおりを挟み、閉じた。

なんだかおかしい。

「トイレに行ってくる。ちょっとのあいだレジを見ていてくれ」

おぼつかない足取りで階段をあがっていった。疲れているのかもしれない、と遠藤は思った。

これではまた庄野は釣り銭間違いをしてしまうかもしれない。

何の気なしに置かれた雑誌を手に取った。小説雑誌だった。わざわざ栞《しおり》を挟むとは、なにか興味深い記事でもあったのだろうか。そう思って、ページを開いた。

『第五十一回小説富士見新人賞　予選通過者発表』

細かい字でびっしりと、題名と名前、出身地が連なっている。

応募総数千五百作とある。

そんなに世の中には小説を書きたいやつがいるのか、と遠藤は呆れた。遠藤は漫画を読むのは好きでも、漫画を描こうだなんて思わない。

みんな情熱が迸《ほとばし》っているんだなあ、と感心した。

生きているあいだ、人間はずっと着飾り、見た目で自己表現しているというのにわざわざ。

創作が面白いなら大歓迎だ。小説は読まないけれど、コミカライズとか映像化でもされたものなら観てやってもよい。

どいつもこいつも我が我が、か。そんなに人に伝えたいメッセージなんてあるのだろうか。連なっている題名と名前を眺めていたら、疲れた。

その疲れたポーズすら、表現となる。社会に生きて、他人と渡り合っている限り、人は表現することから逃れられない。

題名に、面白そうなものはなかった。どれもインパクトに欠ける。

そしてページの片隅に、見つけた。一瞬意味がわからなかった。

雷鳥はさむかろラリルレロ　庄野祐樹《ゆうき》　東京都◉

思わず、手の力が抜けてしまい、雑誌を落とした。拾って改めて確認した。自分が見間違えたのか？　たしかに庄野の名前だった。下についているマルは、いったいなんだ。

ページの端に、『◉印は最終選考通過者』『十一月二十五日発売の次号にて受賞者を発表する』とあった。

これは……。一大事だ。

とんでもないものを見てしまった。慌てて階段のほうを見た。まだ庄野は降りてこない。置かれた場所に雑誌を戻した。

ちょっとでも置いた場所からずれていたら、庄野のことだ、勘づくかもしれない。

庄野がただ漫然と書店で働いている、うだつのあがらない中年バイトだと思っていた。実際いつだってしれっとしているように見えて、抜けている。釣り銭を間違えるし、つい最近も穴あけパンチをどこかにやってしまったのは庄野だ。

庄野が降りてくるのが見えた。

「すまなかった」

そう言ってレジに戻ってきた庄野に問うべきか、迷った。

素直に「すごいですね」などとコメントしようものなら、どう反応するのか、予想がつかなかった。

キレてくるかもしれない。「他の者に話したら、拷問する」と凄《すご》まれるかもしれない。

レジから離れ、遠藤はさりげなく小説誌の置いてある総合雑誌コーナーへ向かった。そこではいつも店にやってくる女の子が真剣な顔をして立ち読みをしていた。この子が店で、本を買う姿を見たことがない。この子もまた、青春とやらを持て余し、暇つぶしをしたいのかもしれない、と思った。何を読んでいるのか気になって、表紙を確認した。『小説富士見』だった。

小説雑誌なんて誰が読んでいるのだろうと思っていたが、時代の最先端を爆走するＪＫが熟読しているとわ！

庄野の名前のみならず、いま三茶《さんちゃ》でもっともトレンドな情報が載っているのかもしれない。それはさすがに盛りすぎか。

遠藤は雑誌を掴《つか》んで、階段に向かった。平静を装いながら二階に着いたところで、一気に二段跳びしながら三階へ向かった。

これは、ビッグニュースだ。みんなにシェアしなくてはならない。

「どうした？」

吉行が慌ててやってきた遠藤に驚いた顔をした。

「セカンドインパクト起きました」

いや、サードか？　とにかく人類滅亡レベルの大ニュースだ。

「はあ？」

「僕らもすごいこと発見しちゃった」

島尾が言う。

「十一月二十五日になにかあるのかネット検索していたら、その日は小説家が割腹自殺したんだよ。で、誕生日の人は、椎名林檎《しいなりんご》とか」

そして……、と吉行がにやにやしながら言った。

「庄野さんの誕生日だよ」

「忘れてたよなあ、前に小説家が死んだ日が誕生日だって言ってて、どうでもよかったから受け流してたんだけどさあ」

で、なにビッグニュースって？

遠藤の発表に、その場にいた全員が奇声をあげた。

3

「遠藤、遠藤」

声に振り向くと、いつもの爺《じい》さんだった。

「こんばんは」

遠藤は愛想良く返事をした。

「最近見なかったじゃないか」

「すみません」

遠藤は頭を掻《か》いた。

だいたい毎日、夜には店の奥にいる。タイミングが悪かったのだろう。

「渡辺って人の書いた面影って本ないか」

「渡辺なにさんですか」

「なんだ、知らんのか。大学生だろ、勉強しとらんのか」

そんなことを言ったって、そんなぼんやりした情報ではヒントにすらならない。

勉強に関していえば、授業にまったく出席せず、大学のテキストなんてレポートを書く前までひらかないから、言い訳もできない。

爺さんだってうろ覚えで訊ねてくるではないか。お互いさまだろう。

「探してみます」

遠藤はレジに向かった。

取次のサイトで検索をかけようとしたとき、

「『逝きし世の面影』だろう」

と爽快堂書店の汎用《はんよう》ヒト型検索エンジンこと、庄野が言った。

「文庫棚の端っこ、少々でかいサイズ、平凡社ライブラリー」

「探してきます」

遠藤はレジから離れ、階段をあがろうとした。

「あるのか？」

爺さんが遠藤に向かって大きな声で話した。

「あるかも、なんで見てきます」

「じゃあ、俺も行く」

難儀そうに階段へと歩いてくる。

自分が持ってくるから、と止めると、

「他にもいろいろ見たいから」

とゆっくりと階段のへりに掴まりながら登ってきた。

先に三階に到着した遠藤は、庄野の指示通り、文庫棚へ向かった。たしかに本は差さっていた。

「これですか」

しばらくしてから到着した爺さんに、表紙を見せた。

「ちょっと中身を確認する」

爺さんは目次を読みだした。

もう別に自分の役目は終わったのだから、一階へ戻ってもよかった。だが、遠藤はページを捲《めく》る爺さんのそばにいた。

事務所では、吉行たちがだらけているのだろう。売り場に人はいなかった。本を閉じたとき、爺さんがここに一人ぼっちだったら寂しいのではないか。

「他にこの作者の本、あるか」

本から顔をあげて、爺さんが遠藤に訊ねた。

「調べてきます」

庄野の元へ行こうとする遠藤を、爺さんは止めた。

「どうせ買うのは今日これだけだから、あったら次きたときに教えてくれ」

「わかりました」

ゆっくりと階段を降りる爺さんに、遠藤は付き添った。

「たくさん本、読むんですね」

遠藤は言った。

爺さんが探している本のジャンルは多岐に渡っていた。前回は地質学の本、その前は数学者のエッセイだった。

「たいして読んじゃいない。いまじゃあ目が悪くなって、読むのに時間がかかる、それに」

「それに?」

「もう残り時間がわずかだからな。あと何冊読めるか」

「そんなこと言わないでくださいよ」

「まだあんたは若いから、わかりゃしないだろうが、そういうもんだ」

爺さんを見送りながら、遠藤は思った。

自分にはまだ、無限に時間があるように思える。地元にいた頃なんて、持て余すほどだった。これからの人生だって、長い（はずだ）。

あるときに成長のピークを迎え、そして次第に老いていく。もう既に自分は衰えはじめているんだろうか？

リアルに感じることが、まだできない。

遠藤は最近、大学に顔をだしていなかった。今期は単位を取得できる見込みがない。来年度の自分に期待しようと楽観的に考えていた。

本格的に留年も視野に入っている。

留年が決まったとき、親に報告するのに手こずった、と島尾が前に話していた。

自分が留年をしたら、親はどんな顔をするだろうか、と思った。

母親は、落胆したとしても結局受け入れるだろう。

父親は、なにも言わないかもしれない。息子のことを諦めている。

遠藤の両親はやることなすこと先回りし与えようとした。習い事、百科事典、知育玩具。読むべき本、学ぶべきものすべて。されるたびに遠藤は頑《かたく》なに拒んだ。そのうち両親が顔をしかめるような友人とつるみ、気に入らないであろう格好をするようになった。

遠藤は中学、高校と、周囲の影響でグレ気味だと思われていた。ツッパった先輩の周りで遊んでいた、というだけだ。べつに制服を改造したりもしなければ、バイクにも興味はなかったし、喧嘩《けんか》など絶対したくなかった。

家族は放任していたが、あまり好ましく思ってはいなかったろう。

自分はなにもかもが中途半端だと認識していた。半端なまま大学に進学し、興味のない勉強を投げだして、ちんたらアルバイトをしている。

「島尾くんはなんで公務員になりたいの？」

事務所で音楽を聴きながらスマホを眺めていた島尾は、遠藤に話しかけられたのに気づいて、ワイヤレスイヤホンを外した。

「なに？」

「あ、それ」

横にいた吉行が島尾を指差す。

「なんですか」

「お客でたまにいるじゃん、イヤホンしたままレジにきて、カバーしますか、とか袋入れますか、って訊《き》いてもまったく反応しないでさ、やっと気づいて、『え？』みたいにイヤホン外すの」

「ああ、いますねえ」

「それに似てた。ていうかそのものだった」

「微妙すぎるモノマネみたいに言わないでよ」

島尾と吉行は爆笑している。

「で、遠藤くん、なにかあった？」

ひとしきり笑ってから、島尾が訊《たず》ねた。

「島尾くんはなんで公務員になりたいのかなあって」

「どんな仕事したいとか、昔からまったくなかったんで、とりあえず公務員になって、趣味を充実させようかなって。就職してからのほうが人生長いし」

「なるほど」

ある意味合理的だ。時間はたっぷりある。

「俺はやりたくない仕事はしたくないなあ」

吉行が二人の話を聞いて言った。吉行のように、やりたい仕事があるのはラッキーだ、と思う。いや、どうだろうか。もしそのやりたい仕事に就くことができなかったら、それはアンラッキーか。

小島が立ち上がった。

「どうした？」

吉行が声をかけた。

「もう閉店ですよ」

さっさと店内の音楽を替えた。

「小島くんは大学院に進学するんだよね」

遠藤が言った。

「そうですね。できるだけ社会にでるのを遅らせたいんで」

きっぱりと言った。

「筋金入りというか、そこだけはブレないね」

そうは言っても小島は理系だ。なんだかんだ就職するのだろう。

「なんか、やばいっすね」

遠藤は一人ごちる。

「どうしたの遠藤くん、今日は変じゃん」

なにか悩みがあるなら聞くよ！　と吉行が肩を叩いた。

「いや、大丈夫っす。全然そういうのじゃないんで」

「あ、隠してるな」

しつこく吉行が詰め寄ってきた。

「隠してないっす、まじで悩んでないんで」

そう、これは悩み以下だ。

4

遠藤は昼間からふらふらと三軒茶屋《さんげんぢゃや》を歩いていた。地元民の小島の話では、昔は二本立ての映画館や釣り堀だってあったという。いまはもうない。

町は変わらないようでいて、少しずつ違っていく。その変化に、人は慣れていく。感情を鈍らせなくては、外界はセンチメントの巣窟だ。

暇を潰すにしても、とくになにもない。下北沢まで足を延ばせばいろいろあるが、歩くのも面倒だった。喫茶店に入って友達に貰《もら》った本を読み返していた。

何度も読み、赤線を引いたり付箋を貼っていて、表紙はぼろぼろになっていた。

店をでて、ふらついているときだった。見覚えのある杖《つえ》をついた爺《じい》さんが、スーパーの袋を持って信号待ちしていた。

「こんにちは」

遠藤は声をかけた。

かけられたほうは、少し考えてから、「本屋のにいちゃんか」と言った。

「本屋じゃねえからわからなかった」

遠藤は爺さんの名前を知らなかった。知らなくてもいいと思った。そういう名も知らぬ交流は、都会っぽいし、名前を知ったところでどうなるものでもない。

「お買い物ですか」

「ああ、いま調子が悪いんだけど、家になにもねえからさ」

大きな袋を二つ、片腕に提げていて、大変そうだった。

「もしあれだったら、持ちますよ」

遠藤はビニール袋を掴《つか》んだ。

暇潰しにちょうどよかった。

住宅街にある古びたアパートに、爺さんは住んでいた。

中は壁際に本が大量に横に積まれていた。老人特有のにおいが部屋に満ちている。

「すごいっすねえ」

遠藤は本を眺めて言った。

「なにもすごくねえよ」

爺さんは冷蔵庫から、お茶の入っているらしいピッチャーを取りだし、湯呑《ゆの》みに注いだ。

湯呑みを手渡され、遠藤は一口飲んだ。ずいぶん濃い麦茶だった。

どこに座っていいのかわからず、立ったままでいた。

「まあ座んなよ」

座布団をだされ、遠藤は腰を落ち着けた。

「一人で暮らしているんですか」

「まあね。女房ももういないしな」

開け放たれた窓の向こうは、すぐそばに隣の建物の窓があり、日当たりは悪かった。

なんとなく遠藤はそばにあった本を手にした。ほこりが舞った。

「最近歩くのも大変でな。近所に住んでる娘と孫のところに行くのもなかなか」

爺さんは万年床になっているらしい布団に座りこみ、足をさすった。

「大丈夫ですか」

遠藤は、両手を擦りだした。

「なにやってんだ」

「……おまじないです」

最近YouTubeで観《み》た、自分のパワーを手の平から放出させるというやつを試してみた。エネルギーをどうこうと説明することはしなかった。

年老いて細い、枝のような足だった。グレイのズボン越しに、遠藤はさすっていった。

「ああ、すまないねぇ」

爺さんは言った。

「いや、こんなことしかできなくて、逆にすみません」

もっと真剣に練習しておけばよかった。

「調子がよくなった、ありがとう」

「よかった」

遠藤はほっとした。死んだ祖父にもしてやりたかった、と少し悔やんだ。あんなにかわいがられたというのに、自分はなにもしてやれなかった。

自分とこの爺さんは同じだと思えた。

家族となんとなく、距離がある。

枕元に写真立てがあった。父親と母親、そして娘の色褪《いろあ》せた写真。父親は、若い頃の爺さんなのだろう。

「孫の誕生日が近いんだけれど、今年は行けそうもないな」

爺さんがぽつりと言った。

「お孫さんですか」

「来週、十四になるんだけれど、毎年本を贈っているんだよ。まあいつも興味なさそうな顔をするんだけど、でもなあ、本は腐らないし、いつか読むときもくるだろうから」

腐りはしないけれど、茶ばみはしますよね。周りにある本を眺め、遠藤は思った。

「ところで兄ちゃん、勉強してんだな」

「え？」

遠藤のいったいどこを見て、そんなことを言うのか。

「なに読んでるんだよ」

そう言って遠藤の脇にある本を手にした。

「なんだこりゃ」

爺さんはぼろぼろになった本のページを捲《めく》りだした。

遠藤は興味を持ってくれたことが嬉《うれ》しく、ぺらぺらと喋《しゃべ》りだした。この本には死後の世界のことが書かれていて、たいへん興味深い内容である。これによると我々は時空の狭間《はざま》で選択を迫られているのだ、と完全に理解していないなりに話した。

爺さんは、そうか、そうかと相槌《あいづち》をうってくれた。時空の狭間ってのはなんだ、と爺さんに問われ、遠藤はまた嬉しくなり、まるで自分が発見したことのように得意げに説明をした。そのまま宇宙人の存在だの古代アトランティスだのアカシックレコードがどうと自分の持ち得る知識をさんざん披露した。

しまいには、自分はそういう不思議なこと、世の中で隠されている真実を解き明かす人間になりたいんだ、とまで宣言した。

これは遠藤にとって驚きだった。自分がしたいこと、をきちんと表明できたのだ。

老人のことを、自分の祖父のように思えた。

話が一段落ついたときには、夕方になっていた。

「なるほどなあ」

爺さんはゆっくり立ち上がり、天井から下がっている電灯の紐《ひも》を引っ張った。

「だったらもっともっと勉強しなくちゃならんなあ」

「なんでネットの記事、読《よ》み漁《あさ》っているんです」

遠藤は胸を叩いた。

「それだけじゃだめだろう」

爺さんはきっぱり言った。さっきまでとはうって代わって、眉を下げた。

「世の中の不思議なことを探りたいのなら、世の中ではどんなことが起こっているか、ちゃんと知らなくちゃならんだろ」

「そういうのはツイッターで」

「ツイッターは知らんけど、本を読んで、歴史も社会も、さまざまな知見を持っていなくては、その宇宙人だの秘密結社を突きとめたって、どうにもならんだろ」

遠藤はそう言われ、黙ってしまった。

「自分の好きなものだけ見ていてもだめだ。世の中の上澄みだけを掬《すく》って知っているふりをするのもいかんよ。世の中の成り立ちを知って、きちんと暮らして、そうしなくては、謎ばかり追ったって、謎がありました、でしかないだろう」

兄ちゃんは若いから、まだまだなんでもできるからなあ、と爺さんは言い、

「俺なんてこの年になってもさっぱり世の中のことなんてわかっちゃいねえけどさ」

と笑った。

「まあ、興味があるものを持っているっていうのはいいことだ。そこから派生して、ずーっと勉強しつづけなくちゃならんけど」

「そういうもんですかね」

果てしなく、くたびれてしまいそうだった。

「そういうもんだよ」

爺さんは言った。

「なにも俺は人に教えるものはないけれど、ずっと勉強しなくちゃならん、ってことだけは知っている」

遠藤はその言葉を聞いて、この場にいづらくなっていた。そういうことじゃないんだけどな

あ、と思った。

世の中はできるだけ快適に、迅速に物事をなそうとしている。知りたい情報をまとめてくれるし、YouTubeの解説を二倍速で流し聞きしていれば、だいたいのことはわかったように感じられる。いちいち本を読むなんて、時間の無駄だ。

爺さんのアパートをでると、夕方になっていた。

「色紙にメッセージ？　なぜ？」

差しだされた色紙を受けとらず、阿川は怪訝《けげん》な表情を浮かべた。

「いや、もうじき庄野さんのお誕生日ですんで」

遅番連中たちが極秘ですすめているプロジェクトの取りまとめ役は、遠藤がすることになった。やりたくもなかったが、最初にこの一大事を発見したんだから、などと押しつけられてしまった。他の連中は、学校が忙しいとか他にもバイトがなどと言って、うまく逃げようとした。公平にとジャンケンをした結果、遠藤は負けた。

一番庄野のことを見下している自分がなんでこんな役になってしまったのか。

「あなたたち、そんな殊勝なことする子たちだった？」

まだまだ疑いを抱いているものの、阿川は色紙を受けとった。

「僕らお世話になっているのでー」

遠藤は笑って誤魔化《ごまか》した。たしかに世話にはなっているが、とくに感謝はしていない。

庄野を祝おうだなんて、そこまで思っちゃいなかった。

ただ、恩を着せようという作戦だった。


「まったくの予想外。アナザーインパクトというわけか」

小説雑誌に庄野の名前が載っていたのを知ったときだ。ページの文言に、吉行が唸《うな》った。

「なに？」

「賞金百万円！」

吉行が叫んだ。

「やっば」

「すご」

遅番の連中はまるで、自分たちが受賞したつもりにでもなったみたいに大喜びした。

「庄野さん、この一大事を俺たちに教えるつもりはないらしい」

「まあそうだね、だって普通、こんなことになったらウザいくらい自慢するだろうに」

島尾が頷《うなず》く。

「庄野さんだから」

小島が言うと、ああ、とみんなは納得した。

「あれだな、しれっと百万円を手に入れて、黙っているつもりだな」

まるで自分にも賞金の権利があると言わんばかりだ。

「小説家の知り合いができるなんてなあ」

小島は感無量、といったていだった。

「いや、俺知り合いいっぱいいるし、小説家とか絵師とか」

吉行が自慢すると、

「それネットに載せてるだけでわ」

と遠藤が手をひらひらさせた。

不機嫌になった吉行をみんなは無視して、庄野の名前の書かれたページを眺める。

なんだこのタイトル、『絶望2．0』だってさ。だっせ。『生きること以外かすり傷』ってこれパクりだろどう考えても。などと、言いたい放題だ。

候補者たちも、彼らにだけは評されたくないだろう。遠藤たちは、国語の教科書に載っているもの以外、まともに小説なんて読もうとしたこともない。

「こりゃあれだ、庄野さんしか勝たん」

雷鳥はさむかろラリルレロって、こんなわけわからんタイトル、それだけで興味惹《ひ》くよね〜。

庄野祐樹って名前も意外といいんじゃない？　姓名判断してみる？　ゲッターズ飯田の占い本、店にあったよね。庄野さん今年どうなの運勢。

しらふの状態だというのに、酔っ払いのたわごとのようにあれやこれやと言い合った。

「じゃあ、いまのうちに使い道考えとこうか」

元気を取り戻した吉行が宣言した。

「なに奢《おご》ってもらう？」

「高い肉」

「食べ放題」

「アマゾンギフトカード」

「いや、ちょっと待って」

正気に戻った島尾が周りの暴走を止めた。

「どうやって庄野さんに、僕たちがこの一大事を知っていると伝える？」

「庄野さんに直球で言ったら、ふくれそうだな」

「その話を僕の前でしないでもらおう、とか言いそう」

「あ、なんか似てる」

「だろ？　これと本屋の仕事といったいなんの関係があるんだ？　とか」

「うわあ……」

「そこでだ」

吉行は言った。

「サプラーイズ」

阿川はマジックでさっと一言書き、遠藤に色紙を渡した。

「えー」

文章を見た遠藤は、思わず声を漏らした。

「なによ」

「いや、おつかれさまです、ってなんですか」

「あなたたちの相手をしている庄野さんがかわいそうに思ったのよ」

阿川は顔をしかめる。

「そもそも、あなたたちの書いたメッセージだってなんなのよ」

阿川は色紙を叩《たた》いた。

たしかに。

色紙の真ん中に「庄野さんおめでとう」と太字でレタリングしたまではよい。だが、遅番たちが書いたメッセージはといえば。


『おめでとうございます、お肉食べたいです　小島伸介《しんすけ》』

『我らがキャプテン、アベンジャーズアッセンブル★　吉行夏男《なつお》』

『庄野さん推せます！　目指せセンター！　島尾海《かい》』

『引き寄せキタ～!!　遠藤昇太』


まったく誕生日と関係がない。百万円で奢ってくれと仄《ほの》めかしすら感じられる。もちろんそのつもりだ。

朝番にはまだ、庄野が小説の賞を受賞する（かもしれない）ことは内緒だった。阿川はともかく、安岡《やすおか》に知れたものなら、店どころか三軒茶屋中に知れ渡ってしまうだろう。

「あなたたち本当に学生？　日本の未来が不安で眩暈《めまい》を起こしそう……まあ、あなたたちの辞書に感謝って言葉があったのがせめてもの救いだけど」

阿川が言った。

「感謝しまくりっすよ」

遠藤は口ではそう言ったが、肚《はら》のなかでは舌をだしていた。

作戦はこうだ。


「なにかさ、ドッキリ仕掛けるとかどう？」

「仕込みとか面倒なんですけど」

「とりあえず、ケーキ買えばいいじゃん。受賞していなかったら、知らんぷりして、おめでとうございまーすって。みんなで食べればいいし、余ったら朝番にあげりゃいいじゃん。あと、色紙でもあげとく？　寄せ書きとかなら色紙代だけで済むし」

朝番にも、というあたり、どうやら吉行は百万円に気をよくしているらしい。自分の金でもないのに。

「絶対なにか裏があるとか疑われませんか」

「もし、それだけやって奢ってくれないっていうのなら……」

みんなが顔を寄せた。誰も聞いちゃいないというのに、小声だ。

「顔にケーキぶつけてやろうぜ」

「それ一番庄野さんが嫌がりそう」

遠藤は笑った。そういう即物的な方法で笑いを取るなんて、庄野は好きじゃないだろう。

「僕たち、殺されますね」

小島が身震いした。結婚情報誌の角を叩きつけられるのではないか。

「そうかなあ、受賞したらテンションあがってそういうのも許してくれそうじゃない？　思い出作りだよ」

あの人、友達いなそうだし、祝ってくれる人いないでしょ。さらりと吉行が言った。

全員が凍りつく。

「え、なんで」

「そういうこと言うかなあ」

「吉行くん、さすがにその発言は引くわあ」

「……ごめん」

とりあえずケーキにしよう。食べりゃ済む話だしと満場一致で決まった。

「じゃあ、十一月二十五日の閉店後に、みんな集合で。遠藤くんこられる？」

「オッケーっす」

じゃ、決定で。

とにかく、準備を滞りなく済ませておかなくてはならない。

誕生日に色紙を渡す、ということにしておけば、不審な行動を朝番に怪しまれたとしても、「お誕生日のお祝いをするので庄野さんには内緒で」

と口止めすることもできる。

「店長、色紙にメッセージを書いてもらえませんかね」

事務所で呑気《のんき》に週刊誌を読んでいた店長に声をかけた。

「きみたちは仲がいいねえ」

色紙を受けとり、店長は言った。

「いや、別にそれほどでもないんですけど」

そもそも店長は、自分たちが夜に事務所にたまっていることも知らないだろう。遅番の仕事ぶりなど、まともに見たこともないはずだ。

「庄野くんは、幸せものだな」

そう言ってさらさらとペンを走らせた。

「幸せですかねえ」

遠藤にとっては、なにか奢ってもらえるのではないか、と期待しているだけだ。

「彼はもともと先生だったからなあ。若者との付き合いかたをわかっているんだろうね」

はい、と色紙を渡した。

「先生？」

遠藤は素っ頓狂な声をあげてしまった。

「誰がですか？」

「庄野くん」

「はい？」

「なに、知らないの？」

「あの人、秘密主義なんで」

「高校の現代文の先生だったんだよ」

わりと人気だったみたいだよ、彼、顔がいいだろ。

遠藤は首を捻《ひね》った。顔に関してはスルーしておこう。

「うちの娘の担任だったんだよ」

「え、すご」

娘の元担任をバイトで雇っているのかよ。正直意味がわからん、と遠藤は思った。突然明かされた庄野の過去共々、驚いた。みんな知らないに違いない。今晩さっそく報告せねば。

「秘密だったなら、みんなには内緒にしておいて。庄野くんが嫌がるだろうから」

見透かされたらしい。釘《くぎ》を刺された。

「縁があるんですねえ」

としか、遠藤は言えなかった。

「まあね」

突然遠藤は思った。

この店に、店長や阿川、そして庄野は、これから先も、この店が潰れない限りいるのだろう。

自分は、いつだって辞められるし、なにかあったらさっさと逃げてしまえる。

この店なんて、正直、どうなってしまってもいいと思っている。

自分の人生のなかで、ちょっと通過した、くらいの場所だ。

でもやっぱり、もしこの店がこの世から消えてしまったら、少し寂しい。

ろくすっぽ働いてもいないけれど、自分にとっての東京生活の思い出は、いまのところ、この店のことばかりだ。

庄野は小説家となったら、爽快堂からいなくなるんだろうか。

遠藤は不遜にも、「庄野が小説家になんてなれなければいいのに」と一瞬思った。

「はい」

店長が書いた文章はこうだった。

5

『おめでとう、長生きしてください　三浦《みうら》』

「この人のサイン会をするらしいのよ」

安岡がレジ前に面陳《めんちん》している本を顎《あご》で指し示した。ボールペンを使ってつぼ押ししているらしい。芯はでていないだろうが、痛そうだ。

「え！」

遠藤は安岡を前に絶句した。

さっき色紙にメッセージを書いてもらったところだった。

「どこでやるんですか」

まさか、と遠藤は思った。

「ここ」

安岡は困った顔をしていた。

「なんでまた？」

こんなおんぼろな本屋でわざわざ。

「なんだか作者の人の地元が三茶だったらしいのね。なんでこの店に思い出深いとかで。正直わたし的には面倒だなって思ったんだけれど」

そういう話に食いつく人といったら……。

「阿川さんですか」

「そう、お店を認知してもらえるチャンスだ、って」

「で、店長もイエス、と」

「当たり前でしょう」

安岡は気乗りしないらしく、ため息をついた。

「まあわたしは夜はでられないから、ひとまずみんな、よろしくね」

「考えときます」

と遠藤は答えた。

遠藤の予定はいま決まった。この店のサイン会に、お客として参加するのだ。

「最近、きみの常連さん、こないね」

レジで庄野が言った。

「ああ、足が悪いみたいで」

あのとき以来、爺《じい》さんとは会っていなかった。

「へえ」

とくに庄野は興味もなさそうな口ぶりだった。

「なにか面白いことあった？」

その問い自体が面白くない、とはさすがに言えない。

「あー、なんでしょうねえ、ないっすわ」

遠藤は受け流した。相手にしないのが一番だ。

「つまらんな」

「そうだ、本」

最近爽快堂にやってこないのなら、孫にあげる本を爺さんは買ったのだろうか。

「なにか面白い本でも読んだの？」

庄野は驚いた顔をした。まるで未知の生物でも見たかのようだ。失礼な。

「読んでないっす」

そうだ、もし買っていないのなら、明日にでも家に行って、御用聞きしてもいい。なにを贈るか決まっているなら、家まで届けてやろう。外にでるのがしんどいようなら、ついでに練習中のエネルギー療法もしてあげよう。

それはとてもいい考えに思えた。

遠藤にとって、年寄りに親切にすることは、亡くなった祖父を供養することと同じだった。自分がいま存在しているだけで肯定してくれた人に対して、いま自分ができることだった。

ちょうどレジにお客がやってきた。

結城翔の本が、コイントレイの上に置かれた。

庄野は顔色一つ変えず、バーコードをスキャンしている。まったく興味を持てないのだろう。

庄野は恐ろしく早く、カバーをかけ、渡した。

お客が去っていく。

「庄野さん、死後の世界って興味ありますか？」

「シゴ？」

「はい。死んだらどうなるか」

「死んでからの楽しみにしておけばいい。急ぐこともないだろう。そんなことより、きみは生きているあいだにどうするか考えたほうがいい」

至極真っ当だが、よりによって、もっともつまらないことを、庄野は言った。ロマンのかけらも見当たらない。

しばらくして、庄野の口から喉になにか詰まったような音がでた。

「どうしました?」

「おつりを渡し忘れた」

ちょっと行ってくる、と言って庄野がレジからでていった。

そして店は混雑しだした。

遠藤は病院の待合室でぼんやりしていた。手には紙を握りしめたまま。さっきまでずっと震えていた。やっと収まりだしたけれど、どうしたらいいかわからず、平静を保つことができなかった。

数時間前に見たものが頭から消えない。

すぐに救急車を呼んだ。あれを目の前にして、電話できた自分を褒めたいと思う。よくやった、と思う。

そして家族かと問われたとき、自分はこの人と、なんの関係もなかったことに愕然《がくぜん》とした。客と店の人間とか、その程度の関係だった。

家族には警察が連絡したという。

しかしまだ病院にはやってこない。

大きく深呼吸をしたあと遠藤は電話をかけた。

「爽快堂書店でございます」

庄野の声だった。

「遠藤です」

「ああ、はい」

さっきまでのよそ行きの声とは変わって、いつもの庄野の声になった。日常の匂いを感じ、少しほっとした。

「なにかあった？」

「お願いがあるんですけど」

「明日休むとか？　それなら他の連中に電話して代わりを」

庄野が先回りして言った。

「いまから、本を配達してくれませんか」

「なに？」

「……病院です。あとでお金を払いますから、あと、プレゼント包装してくれませんか」

「書名は？」

庄野はいちいち理由を訊《き》かなかった。

「わかんないんです、『吉野』『岩波』『ちょっと前にまたブーム』って」

爺さんの家族がやってきた。おばさんに、遠藤は挨拶をされた。遠くのほうで制服を着ている女の子が、こちらを見つめているのに気づいた。

写真の女の子に、似ていた。

家族が遺体と対面しに向かっていった。

しばらくして、庄野がやってきた。

「お待たせ」

庄野は背負っていたリュックサックからビニール袋をだした。そして中身を手渡した。

綺麗《きれい》に包装されている。

「ラッピング、めちゃうまいっすね」

遠藤は包みを手にして薄く笑った。あけるのがもったいないくらいに、綺麗だった。

「学生時代、デパートのお歳暮売り場で働いたことがある。そこで包装にやたらうるさい年配の女性に仕込まれた」

「人に歴史ありっすね」

まったく、いろんなことをしている人だと思った。自分が庄野の年齢になったとき、いったいなにをしているんだろう。こんなに綺麗に本を包むことなんて、できるのだろうか。

「こんなもの、すぐできるようになる。ぼくがいなくてもできるように、面倒だが教えていたほうがいいかもしれん」

「スパルタ指導は勘弁してください」

「ぼくはまともに人を指導できるような人間じゃないんでね」

元教師が言った。

これから先、まだまだ時間がある、とも思えるし、ぼんやりしている時間など残されていない、ようにも思える。

夜の病院に、自分と庄野しかいなかった。

「人って、死んじゃうんですね」

「そりゃそうだろう」

素っ気なかった。

「誰だって、明日があるとは限らない」

「いま言いますか」

「事実だからしょうがない」

「庄野さんは、明日死んじゃうとしたら、なにします？」

「なにも特別なことはしないね」

「強いっすね」

「弱いから、特別なことをしないだけだ。それに、いまの自分も、環境も、嫌いじゃない」

ぎゃあぎゃあうるさい、やる気のない従業員たちと、迷惑な客ばかりの書店で働くことが、か。この人はもの好きだ。

「いいっすね。全然自分は、納得いかないですよ」

人間には寿命があって、この世にいる時間は短い。輪廻《りんね》転生でもあってくれなければやりきれない。いまの記憶なんて、来世には失われてしまうとしても。

「そうか」

鍵はかかっていなかった。

あの埃《ほこり》っぽい部屋で、爺さんはうつ伏せになって倒れていた。

ひどく臭かった。

吐きそうになった。

いろんなものが垂れ流されていた。

なにもかも、忘れることができない。

祖父は病院で亡くなった。死に目にあうこともなかった。

だからわからなかった。

女の子がぼんやりした足取りで遠藤たちの前を横切っていった。

そうだ。

これをするために、ここにいたんだ。

爺さんは紙にメモをして、爽快堂に向かおうとしていた。

がちゃん、という音がした。

自販機でジュースを買ったらしい。取り出し口の前で屈《かが》んでいる女の子に声をかけた。

「これ」

そう言って包みを女の子に差しだした。

女の子は怪訝《けげん》な顔をした。

「爺さん……お祖父《じい》さんが、お誕生日おめでとうって」

包みを受けとると、女の子はすぐ雑に包装を破った。

「おじいちゃんって、ほんとうに、ダメなんだよなあ」

女の子は本を見て、しみじみ言った。

「いつだって、わたしが興味ない本ばっかくれるの。わたしが好きなものを言ったって、全然わかってくれなくって。コレじゃないっていうか」

遠藤は、ニシンのパイを思いだした。おばあさんがせっかくお祝いをと焼いたパイに、孫はといえば「好きじゃないのよねえ」と言い放つ。

自分だってそうだ。

これまで家族がよかれと思ってやってくれたことを、これじゃない、と自分は考えなしに拒んできた。

じゃあどうしたいのかと問われても、自分ではうまく伝えられなかった。

「そういうもんかもしれないっすね」

ちゃんと生きているうちに感謝したかった。きっとこの子もそう思っているだろう。爺さんを思いだすたびに、悔やむだろう。

なんだって、そういうものなのかもしれない。

遠藤はお辞儀をして、その場を去った。

病院をでて、遠藤はやっと、大きく呼吸をすることができた気がした。

庄野はなにも訊かなかった。

「配達、ありがとうございました」

「営業時間内だったし、近所だった。構わんよ」

「庄野さんならわかると思って」

「なにが」

「なんの本だかわかんなかったです」

「きみの持っているスマホで検索すればすぐわかる。名著だ」

庄野はまるでふてくされた子供みたいに言った。

「そうか、思いつかなかった。いつも庄野さんをグーグル代わりにしていました」

「少しは商品知識を学ぶとか、売れているものに敏感になってくれ」

「読みましたよ、本」

「なに」

書名を言っても、庄野はとくになにも述べなかった。中身もサイン会も、きっと興味ないのだろう。

二人は爽快堂に向かって歩いた。

店の事務所に入ると、吉行と小島が机で話し合っていた。

「ピザとろうと思うんだけど、遠藤くんも食べる？」

なにもかも、いつもの場所だった。

この場所はなにものにも代え難いのかもしれない、と思った。

「遠藤くん？」

小島が名前を呼んだ。

多分自分は、これまでみんなに見せたこともない、情けない顔をしているのだろう。自分を見つめる二人の顔を見て、わかった。

庄野は自分を見ても、表情を一切変えなかった。

微《かす》かに、笑いかけられたような気がする。どういう感情だったんだろう。

「よし、遠藤くんはお金なしでいいよ。三人で払うから。今日は奢《おご》り！」

吉行がリーダーぶって言った。

島尾がやってきて、注文したか訊《たず》ねた。

「閉店した瞬間、ピザだね」

島尾が電話をかける。

「庄野さんもいるかな、だったらLサイズにする？　店まで取りにいけばもう一枚サービスだけど、あとでジャンケンで行くやつ決めるか？」

爺《じい》さんが孫にプレゼントした本、まだ在庫あるだろうか。あるなら買って帰ろう、と遠藤は決めた。

第五話

遅番にまかせとけ!

注文カード

書店・取次店

遅番にやらせとけ

書店員の逆襲

本体1200円+税

1

庄野《しょうの》祐樹《ゆうき》は茶沢《ちゃざわ》通りを下北沢《しもきたざわ》に向かって歩いていた。途中にある寺に用があった。手にはさっきスーパーで買った花を持っていた。

寺に入るとすぐに線香を買い求め、墓地に入った。

敷地は広く、数ある墓のなかで、向かうべきところはわかっていた。毎月、やってきている。

三浦《みうら》家之墓、とあった。

萎《しお》れた花を抜きとり、用意した花を活《い》けた。墓石に水をかけ、手で入念に汚れを払った。

墓前でしばらく手を合わせた。

時間が失われていく気がする。

なにも考えずいると、まるで瞑想《めいそう》をしているような心地に至る。十年、こうしていると、どこか儀式めいていく、と庄野は思う。

「先生」

声がして、目をあけた。

離れた場所に、花と桶《おけ》を持った阿川《あがわ》が立っていた。

「ごめんなさい。びっくりしたから」

阿川は近づいてきた。

「ひさしぶりにきたんですけど、いるとは思わなかった」

店では阿川は先生と、自分のことを呼ばない。

「今日晴れてて、お店も休みだったから、きてみたんです」

阿川は眩《まぶ》しそうに空を見た。

晴れていた。東京の秋は短い。

庄野は黙ったままでいた。

「お花、一緒に入れますね」

阿川は自分の花束を挿した。無理やり詰めこまれた二人分の花は、不恰好《ぶかっこう》に広がった。

「やっぱり、少し外そうかな」

「いや、いいでしょう、たまには豪華なのも」

庄野は言った。べつに慰めたつもりもない。本当に、そう思った。華やかで、晴れた日の墓地にとても合っていると思った。

阿川が手を合わせるのを待ち、二人は墓地をでた。

「わたしたち、爽快堂《そうかいどう》の外で会うのなんていつぶりですかね」

阿川が言った。

「高校のとき以来じゃないですか」

「ですよねえ。それに――」

わたしたち、爽快堂で毎日顔を合わせているのに、あの子のことを話したこと一度もありませんね。

「そうですね、それは僕たちだけでなく、店長だってそうでしょう」

「変な話ですね。それぞれで、あの子がもういないことを思っている」

「そんなもんでしょう。僕らは立場が違う。連帯したところで、きっと」

「きっと？」

「それぞれにとっての彼女は、微妙に違う。イメージを壊したところで、どうなるんでしょう」

「先生、ご飯を食べにいきませんか？」

ちょうどお昼だし、食べましたか？　と阿川が言った。

「先生はやめてください」

庄野はかぶりを振った。

「だって、担任だったでしょう、庄野先生」


阿川に連れられ、下北沢まで歩いた。

「もう十年ですね」

「そうですね」

「いまだに信じられないんですよ。あの子はずっと高校生のままなのに、自分はもうじき三十になろうとしていることが」

阿川は前を向いたまま言った。

「歩くことがやめられない。止まることができない。つい最近、同窓会をしたんです。珍しい人がきました」

「誰ですか」

阿川の同級生たちの顔が浮かんだ。

「演劇部だった向井《むかい》。かっこつけちゃって、車だからって烏龍茶《ウーロンチャ》一杯飲んでさっさと帰ったけど。今度大河ドラマにでるんですって」

たしか阿川は高校時代、向井と付き合っていたはずだ。もう繋《つな》がりはないのか。

「ああ、最近やってた舞台、観《み》にいきました」

島尾《しまお》が応援しているアイドルが出演していた主演映画も、と言うと阿川は驚いていた。

「先生、向井と連絡とっているんですか？」

驚きながら、さすが演劇部顧問、と阿川は言った。

「全然。名前を見かけたら観るようにしているだけです」

庄野は首を振った。

たった数年だったが、教師生活を懐かしく思った。とくに問題はない、はずだった。人はわからない。家族と仲良く、友人もいて楽しく過ごしているように見えても。

阿川を見ていると、時々彼女のことを思いだした。

まだまだ若く溌剌《はつらつ》とした二人が、教室できゃあきゃあ言って大騒ぎしている姿。いつだって阿川と彼女は一緒に大騒ぎをしていた。

二人は阿川おすすめのカレー屋に入り、カウンターの席に並んで座った。

「カレーなんて久しぶりです」

庄野は言った。

「そうなんですか？　先生はいつもなにを食べているんですか？」

「米と野菜と味噌《みそ》です」

「宮沢賢治《みやざわけんじ》ですか」

阿川が笑った。先生お好きですもんね、賢治。

別にそこまで好きなわけでもない。訂正するかわりに、

「タンパク質をとるためにプロテインも飲んでいます」

と薄く笑った。

「健康に気を使っているっていうのかな、それ」

阿川は眉をひそめた。遅番たちに注意するときよりは、まだ柔らかかった。

「あと谷川俊太郎《たにかわしゅんたろう》」

阿川が言った。

「いまでも覚えています。谷川俊太郎の本が入荷するたびに思いだしちゃう。授業で突然、自分が一番好きな詩だって暗唱しだして」

「なんでしたっけ、それ」

「忘れたんですか？　信じられない。あのとき、わたし感動したんですけど」

阿川は呆《あき》れた顔をした。

「教師のなかで一番生徒と年が近かったから、ちょっといいとこを見せようと邪心があったのかもしれません」

庄野はそのことをすっかり忘れていた。谷川俊太郎のどの詩を暗唱したかも。教室で授業をすることに、恥ずかしいことに昂《たかぶ》っていたのかもしれない。

久しぶりに食べるカレーライスは、庄野の口にひどく刺激を与えた。ああ、自分は昔、カレーライスが大好きだったんだ、と口が覚えている。

「先生、わたしたちはあの子の分まで、おいしいものを食べなくちゃいけません」

阿川が言った。

あの子が見られなかった景色を見たり、あの子ができなかったことをしなくちゃいけません。あの子はもう笑ったり泣いたりできないんです。わたしたちはもっと、たくさん、生きているからこそできることに、貪欲にならなくちゃいけないんですよ。

その言葉は、庄野に伝えようとしている真摯さと、自身に向けた決意のようなものがまぜこぜになっているように思えた。

「先生、いつもわたしたちに訊《き》いていたでしょう。なにか面白いことはあるかって。人は面白いことを発見できていたら大丈夫だって」

「そうですね。僕はあまり家族と仲が良くなかったから、とにかくがむしゃらに面白いものを求めた時期があったんです」

いつだって違和感を感じながら生きてきた。自分自身で編みだした信条だった。

「小説のほうは、どうですか?」

阿川が訊《たず》ねた。

「そうですね、ぼちぼち、ですね」

いま賞の最終選考に残っている、と伝えるべきか迷い、庄野はやめた。

「いまでも覚えてます。あの子が職員室で、先生の小説を見ちゃって、どんなのを書くんですか、って訊ねたとき、先生、こう言ったじゃないですか。『幸福になりたい人の話です』って」

「そんなこと言いましたか」

「わたし、あの子からその話を聞いたとき、へーって思ったんです。幸福になりたい、なんて言えちゃうなんて、よっぽど自分のこと不幸だと思ってるんだろうなって。人には面白いことあったかなんて聞くくせに。そのうえ職員室で小説を書いていたなんて、不良教師じゃんって」

阿川は笑った。

「あの頃は、なんにもわかっちゃいなかったですからね。大学をでて、そのまま教師になって。人にものを教えていながら、ずっとみんなに教わっていたようなものでしたから。小説を書いていることが生徒にばれてしまい、なんとかかっこつけようと思ったんでしょうね」

「なるほど」

二人はそれから、黙々とカレーを口に運んだ。

店をでると、これから買い物をすると、阿川が言った。

「お店ではまた、庄野さんって呼びます」

「もちろんです」

「じゃあ」

去ろうとする阿川を、庄野は止めた。

「最近は、ちょっと小説のテーマが変わってきました」

「へえ、どんなですか」

「主人公だけでなく、読者を幸福にする小説です。読んでから、ああ、よかったなあって思わせたい。どんなに夜が苦しくても、朝になることを、期待してもらえるような、読んだ人と寄り添える小説です」

「売れそう。帯にコメント書かせてください。教え子が言うのもなんですが、傑作です、って」

阿川は言った。

「読んでもいないのに」

「読ませないからでしょう」

「まだまだ修業中です」

「あの子もきっと、読めるのを待っていますよ」

読みたいと何度せがまれても、気恥ずかしさと完成度に納得がいかなくて、断った。

もし過去に戻れるのなら、つまらないとバカにされてもいいから、読ませてやりたい。見くびってもらって構わない。誰も止めることのできなかった、彼女の絶望、死に向かう衝動を少しだけでも食い止めることができたのなら。

教職を離れ、なにもせずふらふらと三軒茶屋《さんげんぢゃや》を歩いていた。先代の爽快堂店主に、ここで働きなさい、と言われた。

だから、自分は爽快堂で働いている。それだけだ。

まさかしばらくして、短大を卒業した阿川が爽快堂でアルバイトを始めるとは思わなかった。

教え子の死を忘れることができないまま、いま、自分は歩いている。

日が眩しかった。

十年かけて、やっと庄野は、納得のいく小説を完成させた。

だが連絡はない。

2

イベントの告知があってからというもの、サイン会の整理券を求める電話が殺到していた。

「まったく、電話番を雇えって話じゃないっすか」

吉行《よしゆき》がぶーたれた。

「きみたち、事務所にいるんだろ、でなさい」

「でてますよ、うるさいからしょうがなく」

「場所代だと思えばいい」

まだなにか愚痴ろうとする吉行を、庄野は無視した。

毎日結城翔《ゆうきしょう》の本は売れていく。ファンらしきお客が、一緒にいた者に、「まじですごいんだよこれ」とプレゼンしているのを聞いた。

「これまで読んだなかでも一番すっと入ってくるっていうか」

庄野も結城翔の本を読んでいた。正直さっぱりわからなかった。いったいなにが、人を惹《ひ》きつけるのか。自分の中のなにかが欠落しているのではないか、とすら思えた。

「いろんな人がいるな」

庄野はぽつりと言った。

「え、庄野さん、どうしたんすか」

吉行が驚いた顔をして見てきた。

「なにが」

「庄野さんがレジにいるとき世間話をするなんて珍しい」

「独り言だ」

「それやばいっすよ、老化の始まりっすよ」

吉行が失礼なのはいつものことなので、気にしなかった。店は混雑しているが、レジで会計しようとする客は現れなかった。

「あのサイン会、給料日と被っているじゃないですか。めちゃ混みますよね」

吉行がため息をついた。

「売り上げもあがるだろう」

「なんでわざわざこの店でサイン会をするんですかねえ」

結城翔の本にはこうあった。

『三軒茶屋に毎日通った本屋があって、よく立ち読みをしていました。本が大好きで、新しい知識を得る喜びは、震えるほどでした。店主のお爺《じい》さんにおすすめの本を紹介していただき、貪るように読《よ》み漁《あさ》りました。私は人に好かれるたちでした。特別に、ずっと本屋で読むことを許されていました。』

庄野はそんなやつがいたなんて、まったく記憶になかった。庄野もまた、小さな頃から爽快堂に通い詰めていた。前の店主は庄野によく話しかけてくれた。幼い頃から、家にいることを好まなかった庄野からすれば、ありがたい大人だった。

別に選《よ》り好《この》みをするような人ではなかった。誰とも気安く話していた。本を折ったり汚したりしないのならば、立ち読みはいくらでもしていい、と言われたし、書名を書いたメモを渡され、図書館で借りてみればいい、と爽快堂にないものまで紹介された。

同じ場所で過ごし、一人はいま自己啓発本を出版して世間の話題となり、一人は書店員として誰に見つかることもなく働いている。

べつにそれは構わなかった。

新しい仕事を始めるまで、繋ぎでアルバイトでもすればいい、と持ちかけられたとき、本気か、と思った。庄野が小さかった頃から老人だった男。さすがにお人好しすぎやしないか、と思った。自殺した孫の担任を雇うなど、普通ありえないだろう。

しばらくして前店主は亡くなり、息子であるいまの店主が店にやってきたときだ。庄野の顔を見たときの顔といったらなかった。

「まいったな」

と目を瞑《つぶ》られたのを覚えている。

誰も、あの子のことを語り合うこともなく、仕事に忙殺され続け、いまここにいる。

「ところでこの結城って人、ちょっと庄野さんに似てませんか？」

吉行が言った。

「どこが？」

なにを言っているのかさっぱりわからなかった。冗談のつもりなのか？

「雰囲気とか、顔のパーツとか」

庄野の形相に吉行はしどろもどろになり、「やっぱ似てないです」と前言撤回した。

「当り前だ。こんなしまりのない顔のやつに似てたまるか」

庄野は不機嫌になった自分を、恥ずかしく思った。

3

「いやあ、懐かしいなあ」

事務所で快活に喋《しゃべ》り続ける男を前にして、庄野は自分がより内に篭《こも》っていくように感じた。

結城翔は、庄野が事務所に入ってくるなり笑顔で握手を求めた。名前を尋ねられ、「僕ら名前と苗字《みょうじ》が逆ですね！」とまるで一大事であるかのように騒いだ。

心の底からどうでもよかったが、そうですね、と曖昧に答えた。

長髪を後ろで結んだ、サムライヘアーの男だった。年のわりに肌が若い。庄野と背格好がほぼ同じだった。陽気で快活なところが、違っていた。顔は、似ているかわからなかった。

「ここは僕を作り上げた場所なんですよ」

パイプ椅子に座り、そばに立っている編集と営業らしき男たちにぺらぺらと喋っていた。

「懐かしいなあ」

そう何度も言った。

「あの店主がお亡くなりになったなんて、本当に残念です」

「そうですね」

庄野は答えた。

「でも、店主が作りあげたこの本屋はまだ残っている。店主の想いみたいなものが、そうさせているんでしょうね」

半分は賛同する。だが半分は、いまいる者たちの努力によるものだ。

訂正をする気はなかった。

せっかく来店してくれた、人気の著者なのだ。失礼のないようにしなくてはならない。

「どこかで見守ってくださっているのかもしれませんね」

そんなことを言われ、庄野は不快になった。霊などいるものか。

「そうですね、僕らに任すなんて、心配でしょうから」

嫌味《いやみ》を言ってしまった。だが結城は気づかず、うんうん頷《うなず》いていた。

少々取り乱している自分が嫌だった。

売り場では、阿川が三階の什器《じゅうき》を移動させていた。

「手伝います」

庄野はそばに近づいた。

「もうじき終わるんで、大丈夫ですよ」

断られても、また事務所に戻る気にもなれなかった。

笑い声が遠くにいても聞こえてくる。

「本当に懐かしいのかしら」

阿川が小声で言った。

「なんでですか」

「店の配置、ずいぶん変えているのに、『昔とまったく同じ』って言ってましたよ」

その言葉に、庄野はふっ、と笑ってしまった。

「面白い」

庄野が見ている世界と結城翔の見ている世界はだいぶ違うらしい。個性の差とは、姿形でなく、どう見ているか、だ。

「ならいいですけど」

阿川は言った。不満らしい。

「彼は僕と同い年だそうです」

「そんな話、したんですか」

「プロフィールに書いてありました。でも僕は彼のことなど記憶にない」

店に思い出があるなんて、多分嘘《うそ》です。書いているうちに、そう思いこんでしまったんでしょう。

あるいは、

「自殺を図った後、無意識のうちに人生を捏造《ねつぞう》したんじゃないですか。人間なんていい加減なものですから」

思いこみ、には自分だって覚えがある。自分は、ましな教師だったと思っていたし、見どころがある小説を書ける、などと勘違いしていた。レジミスを起こしがちな自分は、自分が思っているほどには冷静で落ち着いているわけでもない。

「そういうものかしら」

阿川は作業を止めて少し考えこんでいた。

自分と似ているか訊いてみようか。庄野は一瞬考え、やめた。バカらしかったし、もし、似ていると言われたなら、今日一日正気でいられそうもない。

サイン会は予想以上に盛況だった。一階まで列ができている。当日駆けこみでやってくる者もいた。列が進むと、阿川が整理番号を読み上げ、店内に待機している参加者の列に並んでもらう。結城翔はファンの一人一人に愛想良く接し、予定よりもずいぶん時間がかかった。本に感動した人々が、思いのたけを伝える。涙まじりで語る者もいた。

庄野は三階で客を誘導する係をしていたので、すべてを聞いていた。

固く握手をし、一緒に写真を撮り、サインを終えても立ち去ることなく、結城の一挙手一投足をじっと眺めている人々。

多くの読者に迎えられている結城の姿を眺めているのは、いまの庄野にはきついものだった。

さっき読んだ、『小説富士見』のページを思いだした。最終選考に残ったとはいえ、選評ではほとんど庄野の作品は取り上げられていなかった。

「圧倒的」と作品を激賞された若い受賞者の写真も載っていた。

緊張した面持ちの写真に嫉妬も起きなかった。

受賞を逃したことはわかっていた。少しは選考委員に引っかかるものがあったのではと期待していた自分が馬鹿らしかった。

なにも見えていなかったのだ。自分の書いたものを客観的に眺める視点が欠けていたのかもしれない。作品どころか、自身さえ掴《つか》めていなかったのではないか。

このままこの店が潰れるまで働き続けることになるだろう。それはべつに構わない。悪くない店だ。

前の店主はどう思うだろうか、と庄野は考えた。

自分の命すら危うかった、あのときに手を差し伸べてくれた恩人だった。

世界は叶《かな》わなかった願いの死骸で溢《あふ》れている。自分がそのひとつであることに文句はない。なのに今の自分はまるで、心臓が止まるまで、なにもせずに漫然と生きているようなものではないか。虫けらのほうが、まだ命を燃やし尽くそうとしている。

「へへっ、すみません」

遠藤《えんどう》が立っていた。

しばらく並んでいる列を見ていなかったので気づかなかった。

「なんでここにいる」

「サインもらいにきましたっ」

遠藤がぼろぼろになっている本を見せた。

「そんなに読みこんだのか？」

庄野は遠藤と本を見比べた。遠藤は照れ笑いを浮かべている。

「あ、ちゃんともう一冊買って整理券はもらいましたんで！」

爽快堂のカバーのかかった本もナップサックからだした。

「きみ、意外と勉強家なんだな」

庄野は思わず言った。

本を読みこむタイプには見えかった。

「いやー、まだまだなんにも読んでないっす」

遠藤は、順番がやってくると結城のテーブルに急ぎ足で向かっていった。

「こんなになるまで読んでくれたのかあ！」

結城は驚きの声をあげた。

「死後の世界の話、クッソ面白かったです〜」

「そうかそうか、死にかけてみるもんだなあ！」

結城の笑い声が、庄野は不愉快だった。

そして気づいた。いや、出会ったときからわかっていた。この男は、まったく心から、言葉を口にしていない。ひがんで負け惜しみからそう思ったわけではない。この場で。俺だけが、わかっている。

遠藤と話しながら、一瞬、結城が庄野のほうを向いて、白い歯を見せた。

見透かされた。その態度が嘘であったとしても、庄野の負けであることに、変わりはなかった。

『だからどうした？』

結城が言っている気がした。

違う。誰か、別の自分に。少し、ぐらついた。

遠藤は大喜びしてサイン本を開き、写真撮影をした。

「あざまっすー」

そう言って離れ、庄野のところへやってきた。

「もしあれだったら、手伝いますけど」

「じゃあ、エプロンをつけて順番がきたら誘導する係を代わってくれ」

気分が悪かった。

すぐに遠藤が戻ってきた。庄野は並んでいる列に会釈しながら二階へと降りていった。

トイレに入り、壁にもたれた。

こめかみを押さえ、息を整えた。

他人と自分は関係ない。人の幸福な瞬間に、自分がこんなに動揺することになるなんて、思ってもいなかった。

トイレのドアが開いた。

「あれ？　庄野さん？」

小島《こじま》だった。

「ああ、すまん」

庄野はトイレからでようとした。

「あの……」

「なんだ」

小島が困った顔をしているので、問い返した。

「いえ、あの、お誕生日おめでとうございます」

「ああ、うん、ありがとう」

庄野の返事に、小島は、えっ、と怯えた表情を浮かべた。

「なんだそのリアクションは」

「いや、珍しいなって。なんだか、いま庄野さん、素直だったから」

「いつも素直で素朴《そぼく》にいるよう心がけている」

庄野は扉をあけた。

素直。

たしかにいま自分は素直に落ちこんでいる。

列はまだ途切れそうもなかった。再び元の場所に戻る気になれなかった。

予定より一時間オーバーして、サイン会が終わろうとしていた。最後の客を誘導し、庄野は一息ついていた。まだ結城の周りには、多くの人が集まっていた。

遅番の面々が階段をあがってきた。

「レジは？」

庄野は訊《たず》ねた。

「阿川さんが代わってくれています。少し休憩していいって」

小島が答えた。

庄野の横を、みんながじろじろ見ている。

「なんだ」

「いや、別に……」

面々は事務所のなかに入っていこうとした。

「サイン会はこれにて終了させていただきます」

営業の男が締めた。結城が立ち上がり、周囲にいるファンに笑顔を向けていた。

長時間のイベントをこなしたというのに、疲れた表情など浮かべなかった。

たいした男だな、と庄野は感心した。嘘か本当かなど、どうでもよいことと全身で語っている。

拍手が三階を満たした。自分にはきっと、覚悟が足りていない。

「まだ一人」

吉行が言った。

「どこに……」

そのときだ。庄野は頭のてっぺんに強烈な痛みを感じ、よろめきそうになった。

「え？」

島尾が声をあげた。拍手にまぎれ、結城たちは気づいていない。スピーチらしきものが始まった。

「このたびは僕の思い出の場所でサイン会をさせていただけて、心から出版社、書店の皆様に感謝します。亡くなったこの店の店主に、自分の晴れ姿を見せることができたのではないかと……」

「え、ちょっと、待ちなよ」

遅番たちが事務所のなかに慌てて入っていった。

「なんだ？」

頭がくらくらしている。庄野は頬《ほお》を押さえながら、逃げそこねたみたいに呆然《ぼうぜん》としている小島に訊ねた。

「いや、サインの列、最後にいた、いつもくる女の子が、持っていた本の角でいきなり庄野さんの頭を叩《たた》いて」

「女の子？」

そんなはずはない。さっき、最後の客を結城のもとへ送ったはずだ。

「どんな女の子だった」

庄野は混乱したまま訊ねた。

まさか。

そんなことがあるはずがない。

思い浮かんでしまった空想を、拒否した。

「いつも店にくる娘《こ》で、高校の制服着てて、後ろポニーテールにしてる、かわいいけど、ちょっといまどきじゃないっていうか」

庄野の足元にある本を小島が拾った。

「なんだこれ、売り物じゃないですよね、古本？」

庄野はぼろぼろの本を見た。

『ぼくらの七日間戦争』

実写映画の写真が表紙になっているものだった。いま売られているものではなかった。庄野は本を手にした。ページを捲《めく》ると、名前が書かれていた。

庄野は頬を押さえていた手で、目を隠した。

混乱しながら涙を流しそうになった。

痛みのせいではなかった。長年堰《せ》き止《と》めてきたものが、身体から溢れだしかけている。

「で、その子、事務所のなかに入っちゃったんです」

小島が扉へ目を向ける。

庄野は、事務所に向かった。

奥の裏口に向かう扉が開け放たれていた。

裏階段は豆電球に照らされ、薄ぼんやりとしていた。庄野は階段をあがった。

「店の上って」

背後から小島の声がした。

「昔、店長が住んでいた」

四階の扉はずっと閉じられていた。

なにかを追いかけていった遠藤たちは、もっと上にいるらしい。

あがっていくたびに、空気がむっと濃くなっていく。まるで水中を歩いているみたいだった。

あかりをつけることなく、進んでいった。

屋上に出た。

「うわ、すっげえ！」

吉行の大喜びしている声が聞こえた。

数メートル先には高速道路があり、車が過ぎ去っていくのが見えた。

「おーい」

と遠藤が車に向かって調子良く手を振っていた。

「あの女の子を追ってきたんだけど、どこにもいないんです」

島尾が言った。

「本当にいたのか、そんな娘」

半信半疑のまま、庄野は訊ねた。

「いましたよ、俺たち見たもんなあ！」

吉行の言葉にみんなうんうんと頷《うなず》く。

否定することも、その事態を受け入れることも庄野にはできなかった。ただ、文庫本はちゃんと、実在していた。

吹く風が頬に当たり、心地よかった。

端に向かって見下ろしてみると、246《ニーヨンロク》沿いを歩いている人たちが小さく見えた。

「ここいいね」

「今後絶対にあがるな」

庄野は厳しい口調で言った。

「えーっ、なんでですか」

吉行が言った。

「君たちの遊び場じゃない」

「もったいないなあ」

そうはいっても高速道路のすぐそばだ。快適なわけでもない。枯れた鉢植えが並んでいた。古びたボールも転がっている。

庄野は空を見上げた。

月があった。星はなかった。

なにもない屋上だというのに、ぎゃあぎゃあ大騒ぎしている連中を見て、庄野は呆れつつ和《なご》んだ。

新しい仕事の繋《つな》ぎではない。

ここは、自分の働く場所だ。

この幼稚な学生たちは、これまでいた者たち同様、いずれ去っていく。

場所を人は流れていく。

本を買い求める客も、ここで働いている者も。

庄野はなぜか、せいせいした気持ちになっていた。なにも一段落なんてしていないというのに。

「百年前ぼくはここにいなかった

百年後ぼくはここにいないだろう
あたり前のところのようでいて
地上はきっと思いがけない場所なんだ」

庄野は懐かしい詩を口にして、そして、なにもかも思いだした。


「先生、小説読ませてくださいよ」

「まだ完成していないです」

「なら、先生の小説に一番近いやつ、貸してください。読むんで」

「きみの家は本屋でしょう、好きなものを読めばいい」

「正直わたし、本屋苦手なんですよ。おじいちゃんはずっと働いているし、うちにいても下で営業していると思うと落ち着かないし。じゃあ、みんなに言いふらさないかわりに、こんなの書きたいなー、理想だなーって小説、あったら教えてください」

「『ぼくらの七日間戦争』かなあ」

「はい？　先生本気で言ってる？」

「本気も本気。あれこそがぼくにとっての目標の一つですよ」

「昔読んだけど内容覚えてないな。表紙のイラストしか思いだせない」

「僕が読んでいた頃は、映画の表紙でした。宮沢りえさんがでていて。小さい頃、三軒茶屋シネマで映画も観《み》ました」

「ふーん。わたしもその表紙のやつ探して読もうかな、古本屋にあるかな」

「自分の店で買いなさいよ」

「そうだ先生、執筆に煮詰まったら、高いところに登るといいですよ。わたしよく、うちの屋上でぼんやりするんです。そばで高速が通っていてうるさいけど、イヤホンで音楽聴いたりして」

「やってみます」


庄野の手にある古い文庫本が、どのようにしてやってきたのか、さっぱりわからなかった。

高速道路を眺めている庄野のもとへ、小島がやってきた。

「あの女の子、庄野さんの知り合いだったんですか？」

「さあ」

庄野は首を振った。

「ぼくはその娘を見ていないから、わかりません」

でも、だったらいいなって思います。


事務所に戻ると、結城たちはすでに帰ってしまったらしかった。

テーブルに十冊ほど結城の本が積まれていた。

表紙を捲るとサインがされていた。

「勝手にサインしてんじゃねえよ、返品できなくなるだろ」

吉行が悪態をついた。

「すぐ売れるよ、ベストセラーだもん」

島尾が言った。

庄野は一階に降りた。

レジでは阿川が接客をしていた。

「すみません」

レジに入り、庄野が阿川に声をかけた。

「いえ、お疲れさまです」

疲れた顔をして、阿川が言った。

さっき起こったことを言うべきか迷い、庄野は話すのをやめた。素っ頓狂で嘘《うそ》みたいな出来事だったし、いま言うべきタイミングではないと感じた。だが、どう説明したらいいのか、わからなかった。

自分や阿川には見えない。

そういうものなのかもしれない。

自分ととくに関わりがなければ、見ることができる。

「なんですかそれ」

阿川が庄野の持っている文庫本を指さした。

「私物を持ってきてしまいました、すみません」

「ずいぶん古いですね」

阿川はとくに気にも留めなかった。

小島がレジを代わり、阿川は階段をあがっていった。

「庄野さん、今日はみんなで店は閉めるんで、先に帰っても」

小島が言った。

「シフトに入っている」

庄野は固辞した。そして雑誌の棚から一冊レジに持ってきた。

「あとで買う」

『小説富士見』の最新号だった。小島はなにも言わなかった。

まもなく閉店というときだった。

慌てて一人、店に入ってきた。庄野のそばにいた小島が、迷惑そうな顔をした。

客は店内をうろついた。なにか探しているらしい。自分では見つけることができず、レジのほうへやってきた。

「すみません、子供の名付けの本が欲しいんですが」

客は言った。

ご案内します、と庄野はカウンターからでた。

「すみません、こんな時間に」

客は平身低頭で謝った。

「いえ、大丈夫です」

「さっき、連絡があったんです」

訊いてもいないのに、客がぺらぺら話しだした。きっと、舞いあがっているのだろう。

「子供ができたんです」

誰かに言いたくてたまらなかったらしい。

「それは……おめでとうございます」

気のない返事をしてしまった。

男は庄野の態度など気にせず、話し続けた。

「ああいうとき、なんで男っていうのは、変なリアクションを取ってしまうものなんでしょうかね。えっ、って言ったら、欲しくなかったのか？　なんて怒られてしまいました」

父親になったことを、告げられたのだ。誰だってそうなるに決まっている。新しい立場になるとき、戸惑いなく受け入れることなんて、そうはできないだろう。

見たところ、客は庄野より若かった。

客は名付け辞典を何度も見比べた。

小島がやってきたので、シャッターを半分閉めるように、庄野は命じた。

「時間をかけてすみません」

そう言って客は、選び抜いた一冊と、出産雑誌を買った。

「いえ、おめでとうございます」

今度こそ、心の底から言ったつもりだった。あまり違いは感じられなかったかもしれない。

店をでた途端、客は夜の街を駆けだした。一刻も早く、妻に会いにいこうと思ったのだろう。

へんな一日だった。この年になってしまったら、誕生日だろうがべつに心躍ることでもない。書いた小説は認められず、そして文庫本がやってきた。

これから生まれてくる子供の名前のために閉店前に駆けこんできた父親に本を売り、祝福した。それだけの一日だった。


仕事を終えて事務所へ向かうと、遅番の面々が待ち構えていた。

「庄野さん、お誕生日おめでとうございまーす」

そう言っていきなりクラッカーを鳴らした。けむたい匂いが事務所に満ちた。

「換気の悪い場所でするな」

庄野はまとわりつく紙テープを払い、煙の向こうにいる遅番たちの姿に、ぽかんとした。

「まあまあ、いいじゃないですか、せっかくの誕生日なんだから」

吉行は襟もないのに蝶ネクタイを締め、とんがり帽子を頭に被っている。

「実はケーキを用意しました〜」

なぜか首にハワイアンレイをかけている遠藤がホールケーキの箱を見せた。

「なんでいきなりこんなことをしだした。これまで僕の誕生日を祝ったことなんてなかったろう」

庄野は手にしていた『小説富士見』をテーブルに置いた。

「白状します」

ちょんまげの被り物をしている島尾が真剣な面持ちで言った。

「島尾くん」

小島が止める。

「だって、どう考えても嘘くさいじゃん、それにさっき庄野さん……、やっぱショックだったんだろうなって」

「なんのことだ」

「実は僕たち、庄野さんの小説が、候補になっていたの知ってたんです」

島尾の言葉に、みんなが下を向いた。

「色紙作ったんですけど……」

そう言って島尾が差しだした。

「肉ってなんだ、あとアベンジャーズってどういうことだ。引き寄せ？　推し？」

庄野はメッセージを読んで顔をしかめた。

「賞金でお肉奢《おご》ってもらおうと企んでいました」

売上金を金庫に入れると、小島は急いでサンタの帽子を被りだした。

「絶対受かると思ったんですよ。他の候補のタイトル、ださかったし」

吉行が頭を掻《か》く。

「読みもしないで」

「いや、読みます読みますよ、なんなら」

そう言われ、庄野は口を真一文字に結んだ。

なんならとはなんだ、と庄野は思った。だが、我慢できずに吹きだしてしまった。

超レアじゃん。動画撮っておけばよかった〜、と遠藤が指を鳴らして悔しがりだす。

「いや、これギャグじゃないし、まじだし」

吉行が困惑した表情を浮かべる。

「いちおう誕生日兼新人賞おめでとうということで、用意したんですけど、せっかくだし、食べませんか？」

島尾が言った。

「そもそもああいうものは発売日前に連絡がくる。だから落ちたのは前から知っていた」

「そうですか」

なんか、すみません、とみんなが謝ってきた。

その姿に、笑えた。

「面白い」

庄野は本心から、言った。

「え？」

「面白いな」

庄野はチョコレートのプレートを抜いた。

『ゆうきくんおめでとう』と書かれていた。

口に放りこんだ。

「ローソクつける前につまんじゃだめですよ」

順序を気にする小島が眉をひそめた。

「やっぱ、庄野さんの面白って、ちょっと僕らのセンスでは捉えきれないですねえ」

島尾が不思議そうな顔をして言った。

「庄野さん、諦めたらそこで試合終了ですよ」

監督でもしていたつもりなのか、吉行が偉そうに腕を組む。

「また書きましょう。なんなら俺たちをモデルにしてくれてもいいんで。イケメン書店員たちが大活躍とか、みんな読みたくなるんじゃゃないですか？」

「誰がイケメンなんだ？　どこの国の？　いつの時代のイケメンなんだ？」

庄野は自分の感情を誤魔化すように、かぶりを振った。笑ってやってたまるか。

「にしても、大きすぎやしないか、このケーキ」

収拾がつかないので、庄野は話題を変えた。

「実は……」

庄野さんが受賞したら、ほら、よくあるやつ、顔にパイ皿ぶつけるみたいなことをしようって思っていて。

「パーティーっぽいこと？　サプライズ、みたいな？」

吉行が言った。

被害を最小限に抑えるべく、事務所を覆うビニールシートも買っていた、という。

「それはよくやるものなのか？」

そんな行為、浮かれた青春映画でしか観《み》たことがない。

「いや、やったことないです。なんで、ここぞとばかりに、やってみたいなーって」

吉行はしどろもどろになって答えた。

「面白いじゃないか」

そう言って庄野は、ケーキを掴《つか》み、顔に思い切りなすりつけた。

ぼとぼとと事務所のカーペットに生クリームが落ちた。

「なにやってるんですか！」

「面白いか？」

庄野はクリームまみれになった顔をみんなに向けた。

「いや……やり方違うし、衝撃的すぎてわかんないです」

「そうか。すまない」

涙を流しているのを、顔についたクリームで隠せているようにと、庄野は祈った。

ささやかないい一日だった、と思った。これからは、

「なにかいいことはあった？」
と訊《たず》ねることにしよう。
自分に起きた幸福だけでなく、
子供が産まれる人がいる、とか
誰かが心の底から笑っていた、とか
道を歩いていた猫がかわいかった、とか
とるに足らないことでいい。あたりまえのようにあちこちで生まれるものを、できるだけ、見つけて集めていこう、と思った。この店で働きながら。
百年後の人に、自分のことなど知られなくても構わない。
けれど百年後、この店がなくなってしまうのは、寂しい。
「庄野さん、どんな表情してるんですか、これって、笑いながら怒ってます？」
「いや、笑いながら、笑っている」
外も中も、一致している。
手にしていた潰れたケーキを、庄野は口に詰めこんだ。
今日も一日、お疲れ様でした。

遅番にやらせとけ

書店員の逆襲

著　者　キタハラ

イラスト　山本さほ

2021年6月15日　初版発行

発行者　青柳昌行

発　行　株式会社KADOKAWA
〒102-8177　東京都千代田区富士見2-13-3
電話 0570-002-301(ナビダイヤル)

デザイン・装丁　next door design

印刷・製本　大日本印刷株式会社

定価はカバーに表示してあります。

●お問い合わせ
https://www.kadokawa.co.jp/
(「お問い合わせ」へお進みください)

※内容によっては、お答えできない場合があります。
※サポートは日本国内に限らせていただきます。
※ Japanese text only

ISBN 978-4-04-074138-3
C0093